Selma Lagerlöf

Unheimliche und unglaubliche Erzählungen

Übersetzt von Marie Franzos

und Pauline Klaiber-Gottschau

Selma Lagerlöf: Unheimliche und unglaubliche Erzählungen

Übersetzt von Marie Franzos und Pauline Klaiber-Gottschau.

Neuausgabe
Herausgegeben von Karl-Maria Guth
Berlin 2016

Umschlaggestaltung von Thomas Schultz-Overhage unter Verwendung des Bildes: Theodor Kittelsen, Er stieg so stark, dass die Erde bebt, 1900

Gesetzt aus der Minion Pro, 11 pt

Verlag: Henricus - Edition Deutsche Klassik GmbH
Mörchinger Str. 33, 14169 Berlin, info@henricus-verlag.de
Druck: Libri Plureos GmbH, Friedensallee 273, 22763 Hamburg

ISBN 978-3-8430-7444-5

Bibliografische Information der Deutschen Nationalbibliothek

Die Deutsche Nationalbibliothek verzeichnet diese Publikation in der Deutschen Nationalbibliografie; detaillierte bibliografische Daten sind im Internet über www.dnb.de abrufbar.

Inhalt

Der Wechselbalg

Die Trollin kam durch den Wald geschlichen, ihr Junges hatte sie in einer Rindenbutte, die sie auf dem Rücken trug. Es war groß und häßlich, mit Haaren wie Borsten, nadelscharfen Zähnen und einer Kralle am kleinen Finger; aber die Trollin glaubte natürlich, daß es gar kein schöneres Kind geben könne.

Wie die Trollin so einherging, kam sie zu einer Stelle, wo der Wald sich ein wenig lichtete. Ein Weg lief hier durch, holperig und schlüpfrig von Baumwurzeln, die sich darüber schlangen wie ein geknüpftes Netz. Und über den Weg kamen ein Bauer und sein Weib geritten.

Zuerst wollte die Trollin wieder in den Wald fliehen, damit niemand sie zu Gesicht bekomme, aber plötzlich bemerkte sie, daß die Bäuerin ein Kind auf dem Arme trug, und da wurde sie andern Sinnes. Sie schlich sich näher zum Weg heran und versteckte sich hinter einem Haselstrauch. »Ich will doch sehen, ob das Menschenkind ebenso schön sein kann wie meines«, dachte die Trollin.

Aber in ihrem Eifer streckte sie sich zu weit aus dem Busch vor, und als die Reitenden sich näherten, erblickten die Pferde den großen schwarzen Trollkopf. Sie erschraken, stellten sich auf die Hinterbeine, scheuten und gingen durch. Fast wären der Bauer und sein Weib abgeworfen worden. Sie stießen einen Schrei aus, beugten sich vor, um die Zügel anzureißen, und waren im nächsten Augenblick verschwunden.

Die Trollin grinste vor Wut. Jetzt hatte sie das Menschenkind kaum zu Gesicht bekommen. Aber plötzlich wurde sie wieder seelenvergnügt, denn da lag ja das Kind gerade vor ihr auf der Erde. Es war der Bäuerin aus dem Arm gefallen, als die Pferde durchgingen.

Das Kind lag auf einem Haufen dürrer Blätter und war ganz unversehrt. Es schrie laut vor Schrecken über den Fall; aber als die Trollin sich darüber beugte, schien es so belustigt über den erstaunlichen Anblick, daß es verstummte und lächelte und das Händchen ausstreckte, um sie an ihrem schwarzen Bart zu zupfen.

Aber die Trollin stand ganz verblüfft da und betrachtete das Menschenkind. Sie sah die kleinen Händchen an mit den rosenroten Nägeln, die klaren blauen Äuglein und das kleine Mündchen. Sie befühlte das weiche Haar, strich über die Wangen und wußte sich vor Staunen gar nicht zu fassen, daß ein Kind so rosig und weich und fein sein könnte.

Plötzlich riß die Trollin ihre Rindenbutte vom Rücken, holte ihr eignes Junges heraus und setzte es neben das Menschenkind. Und als sie nun sah, welcher Unterschied zwischen den beiden war, konnte sie es nicht lassen, vor Wut laut aufzuheulen.

Unterdessen hatten der Bauer und sein Weib ihre Pferde wieder gebändigt, und sie kamen nun zurück, um ihr Kind zu suchen. Als die Trollin sie herankommen hörte, kamen ihr fast die Tränen, denn sie hatte sich noch lange nicht an dem Menschenkind satt gesehen. Sie blieb sitzen, bis die Reitenden fast in Sehweite waren, da faßte sie einen raschen Entschluß. Sie ließ ihr Junges am Wegesrand liegen, aber das Menschenkind steckte sie in ihre Rindenbutte und lief damit in den Wald.

* * *

Kaum war die Trollin in den Wald verschwunden, als der Bauer und seine Frau zum Vorschein kamen.

Es waren prächtige Bauersleute, reich und geachtet und mit einem schönen Hof am Fuße des Waldhügels. Sie waren schon viele Jahre verheiratet, aber sie hatten nur dieses einzige Kindchen. Man kann sich also denken, wie sehr ihnen am Herzen lag, es wieder zu finden.

Die Frau war dem Manne um ein paar Pferdelängen voraus und erblickte zuerst das Kind, das am Wegesrand lag. Es schrie aus Leibeskräften, um die Trollin zurückzurufen, und die Bäuerin hätte schon an dem Geheul merken können, was für ein Kind das war. Aber sie hatte solche Angst ausgestanden, daß der Kleine sich im Fallen erschlagen haben könnte, daß sie bei dem Geschrei nur dachte: Gott sei Dank, daß er am Leben ist. »Da liegt das Kind«, rief sie dem Manne zu und glitt aus dem Sattel und lief auf das Trolljunge zu.

Als der Bauer zur Stelle kam, saß die Frau am Wegesrand und drehte das Kind hin und her und sah aus wie jemand, der seinen Sinnen nicht trauen kann. »Mein Kind hatte doch nicht Zähne wie die Stacheln«, sagte sie, und ihre Stimme drückte immer größeren und größeren Schrecken aus; »mein Kind hatte doch nicht Haare wie Schweinsborsten, mein Kind hatte doch keine Kralle am kleinen Finger.«

Der Bauer konnte nichts andres glauben, als daß sein Weib verrückt geworden sei, und sprang nun auch vom Pferde. »Sieh das Kind an und sag, ob du begreifen kannst, wie es sich so verändert hat«, sagte die Frau und reichte es ihm. Er nahm es aus ihren Händen, aber kaum hatte er einen Blick darauf geworfen, als er dreimal ausspuckte und es von sich schleuderte. »Das ist doch ein Trolljunges«, rief er. »Das ist nicht unser Kind.« Die Frau saß noch immer am Wegesrand. Sie war nicht rasch von Gedanken und konnte nicht erraten, was sich begeben hätte. »Aber was tust du denn mit dem Kinde?« fragte sie. »Ja, merkst du denn nicht, daß das ein Wechselbalg ist?« sagte der Mann. »Die Trolle haben die Gelegenheit benutzt, als unsere Pferde durchgingen. Sie haben unser Kind gestohlen und eines von ihren eignen dafür hingelegt.« – »Aber wo ist denn dann jetzt mein Kind?« fragte die Frau. – »Das ist eben bei den Trollen«, antwortete der Mann.

Nun begriff die Frau endlich das ganze Unglück. Sie erbleichte, und der Mann glaubte, daß sie auf der Stelle ihren Geist aufgeben würde.

»Unser Kind kann ja nicht weit fort sein«, sagte der Mann und versuchte sie zu beschwichtigen, obgleich er selbst nicht viel Hoffnung hatte. »Wir wollen in den Wald gehen und es suchen.« Damit band er die Pferde an einen Baum und begab sich in das Dickicht. Die Frau stand auch auf, um ihm zu folgen, als sie bemerkte, daß das Trolljunge auf dem Boden lag und jeden Augenblick von den Pferden totgetrampelt werden könnte, die über seine Gegenwart unruhig schienen und einmal ums andre wild nach hinten ausschlugen. Sie schauderte bei dem Gedanken, den Wechselbalg anrühren zu müssen, aber sie schob ihn doch so, daß die Pferde ihn nicht zertreten konnten.

»Hier liegt die Schelle, die unser Kind in der Hand hatte, als du es fallen ließest«, rief der Bauer aus dem Wald. »Jetzt weiß ich, daß ich auf der rechten Spur bin.« Die Frau eilte ihm nach, und sie gingen in den Wald und suchten lange und eifrig. Aber sie fanden weder Kind noch Troll; und als die Dämmrung einbrach, mußten sie zu ihren Pferden zurückkehren.

Die Frau weinte und rang die Hände. Der Mann ging mit aufeinandergepreßten Lippen und sagte nicht ein Wort, um sie zu trösten. Er war aus altem gutem Stamm, der erloschen wäre, wenn er nicht einen Sohn bekommen hätte. Er ging jetzt einher und zürnte der Frau, weil sie das Kind hatte zu Boden fallen lassen. Sie hätte es doch vor allem andern festhalten müssen. Aber als er sah, wie betrübt sie war, brachte er es nicht übers Herz, sie zu tadeln.

Der Bauer hatte der Frau in den Sattel geholfen, als ihr der Wechselbalg einfiel. »Was sollen wir aber mit dem Trolljungen anfangen?« rief sie. – »Ja, wo ist denn das hingekommen?« sagte der Mann. – »Es liegt dort unter dem Busch.« – »Da liegt es ja ganz gut«, sagte der Mann und lächelte bitter. – »Wir müssen es aber doch mitnehmen. Wir können es doch nicht hier in der Wildnis lassen.« – »Doch, das können wir sehr gut«, sagte der Bauer und setzte den Fuß in den Steigbügel.

Die Frau fand, daß der Mann eigentlich ganz recht hätte. Sie brauchten sich doch nicht des Trollkindes anzunehmen. So ließ sie das Pferd ein paar Schritte machen. Aber sie war von weicher und warmherziger Gemütsart, und plötzlich war es ihr ganz unmöglich, weiterzureiten. »Nein, es ist ja doch ein Kind«, sagte sie. »Ich kann es nicht hier lassen, den Wölfen zum Fraße. Du mußt mir den Jungen reichen.« – »Das tu ich nicht«, sagte der Mann. »Er liegt ganz gut, wo er liegt.« – »Wenn du ihn mir nicht jetzt bringst, so muß ich heute abend wieder herkommen und ihn holen«, sagte die Frau. – »Mir scheint, es ist nicht genug, daß die Trolle mir meinen Knaben gestohlen haben«, sagte er, »sie haben auch noch meinem Weibe den Kopf verdreht.« Aber dabei hob er doch das Kind auf und reichte es der Frau, denn er hatte eine große Liebe zu ihr und war es gewohnt, ihr in allem zu Willen zu sein.

Am nächsten Tage war das Unglück im ganzen Kirchspiel bekannt, und alle, die alt und klug waren, eilten in die Hütte des Bauern, um gute Ratschläge zu geben. »Wer einen Wechselbalg im Hause hat, muß ihm jeden Tag mit einem derben Stecken Schläge geben«, sagte eine der Alten. »Warum soll man denn so übel mit ihm umgehen?« fragte die Bäuerin. »Freilich ist er häßlich, aber er hat doch nichts Böses getan.« – »Ja, wenn man das Junge schlägt, bis das Blut fließt, dann kommt schließlich die Trollin herangesaust, wirft einem das eigne Kind zu und nimmt ihres mit. Ich weiß viele, die es so gemacht haben, um ihr Kind wieder zu bekommen.« – »Aber diese Kinder sind dann nicht lange am Leben geblieben«, sagte eine der alten Frauen; und die Bäuerin dachte bei sich selbst, daß sie dieses Mittel nicht anwenden könnte. Das wäre ihr unmöglich gewesen.

Gegen Abend, als die Bäuerin mit dem Wechselbalg allein in der Stube war, begann sie sich auf einmal so heftig nach ihrem eignen Kinde zu sehnen, daß sie gar nicht wußte, wo aus noch ein. »Vielleicht sollte ich doch das versuchen, was sie mir geraten haben«, dachte sie, aber sie konnte sich doch nicht entschließen.

In demselben Augenblick kam der Mann mit einem Stock in der Hand in die Stube und fragte nach dem Wechselbalg. Da sah die Frau, daß der Mann den Rat der klugen Frauen befolgen und das Trollkind prügeln wollte, um sein eignes zurückzubekommen. »Es ist gut, daß er es tut«, dachte sie. »Ich bin zu dumm. Ich könnte nie ein unschuldiges Kind schlagen.«

Aber kaum hatte der Mann dem Trollkind einen Hieb versetzt, als die Frau herbeistürzte und ihn am Arm packte. »Nein, schlag nicht, schlag nicht!« bat sie. – »Du willst wohl dein eignes Kind nicht wieder haben?« sagte der Mann und versuchte sich loszumachen. – »Freilich will ich es wieder haben, aber nicht auf diese Art«, sagte die Frau. Der Mann erhob den Arm zu einem neuen Schlag, aber ehe er fiel, hatte sich die Frau auf das Kind geworfen, so daß der Hieb ihren Rücken traf. »Gott schütze mich«, sagte der Mann, »jetzt sehe ich, du willst dich so anstellen, daß unser Kind all sein Lebtag bei den Trollen bleiben muß.« Er blieb stehen und wartete, aber die Frau blieb vor ihm liegen und schützte das Kind. Da warf der Mann den Stock fort und ging unmutig aus der Stube. Er wunderte sich später, daß er seinen Vorsatz nicht seinem Weibe zum Trotz durchgeführt hatte, aber wenn sie da war, bezwang ihn irgend etwas: er konnte ihr nicht zuwiderhandeln.

Ein paar Tage vergingen in Schmerz und Trauer. Was die Bäuerin am meisten quälte und ihren Kummer verdoppelte, war, daß sie für dieses Trollkind zu sorgen hatte. Um seinetwillen hatte sie so bitter zu leiden, daß es ihr fast die Kraft nahm, ihr eignes Kind zu betrauern.

»Ich weiß rein nicht, was ich dem Wechselbalg zu essen geben soll«, sagte sie eines Morgens zu ihrem Mann. »Er will nichts kosten, was ich ihm vorsetze.« – »Das ist nicht zu verwundern«, sagte der Mann. »Du wirst doch schon gehört haben, daß die Trolle nichts anderes essen als Frösche und Mäuse.« – »Aber du kannst doch nicht verlangen, daß ich zum Froschsumpf gehe und ihm dort das Essen hole«, sagte die Frau. – »Nein, ich verlange nichts dergleichen«, antwortete der Bauer. »Ich finde, es wäre am besten, wenn er verhungern würde.«

Die ganze Woche verging, ohne daß die Bäuerin imstande war, das Trolljunge zu bewegen, irgend etwas zu sich zu nehmen. Es schrie nur, wie es da in seiner Wiege lag, und wurde so elend und mager, daß kaum noch etwas von ihm übrig blieb. Rings um ihn stellte die Bäuerin alles mögliche gute Essen auf, das sie nur bereiten konnte; aber der Wechselbalg fauchte und spuckte nur, wenn sie ihn überreden wollte, etwas von den Leckerbissen zu kosten.

Eines Abends, als das Trollkind so aussah, als sollte es Hungers sterben, kam die Katze mit einer Maus zwischen den Zähnen in die Stube gelaufen. Da riß die Bäuerin der Katze die Maus aus dem Rachen, warf sie dem Kind hin und verließ hastig die Stube, um nicht sehen zu müssen, wie das Trolljunge aß.

Aber als der Bauer merkte, daß die Frau wirklich anfing, Frösche und Spinnen für den Wechselbalg zu sammeln, da begann er einen solchen Abscheu vor ihr zu empfinden, daß er ihn kaum verbergen konnte. Er konnte sich nicht überwinden, ihr ein freundliches Wort zu sagen; und wäre nicht jene wunderliche Macht gewesen, die sie über ihn besaß, so hätte er sie sogleich verlassen.

Auch die Dienstleute begannen der Bäuerin Ungehorsam und Unehrerbietigkeit zu zeigen, ohne daß der Bauer sich darum kümmerte.

Die Frau merkte bald: wenn sie fortführe, den Wechselbalg in Schutz zu nehmen, würde sie es mit ihrem Manne, dem Gesinde und den Nachbarn sehr schwer haben; aber sie war nun einmal so: wenn es jemand gab, den alle andern haßten, mußte sie ihre äußerste Kraft aufbieten, um einen solchen armen Wicht zu schützen. Und je mehr sie um des Wechselbalgs willen litt und sich quälte, desto getreulicher wachte sie darüber, daß ihm nichts Böses widerfahre.

Ein paar Jahre später an einem Vormittag saß die Bäuerin allein in der Stube und nähte Flicken um Flicken auf ein kleines Kinderkleid. »Ach ja«, dachte sie, während sie so nähte, »der hat keine guten Tage, der für ein fremdes Kind sorgen muß.«

Sie nähte und nähte, aber die Löcher waren so groß und so zahlreich, daß ihr die Tränen in die Augen kamen, wenn sie sie ansah. »Aber so viel weiß ich«, dachte sie, »wenn ich meines eignen Sohnes Kittelchen flickte, da wollte ich die Löcher nicht zählen.«

»Ich habe es doch gar zu schwer mit dem Wechselbalg«, dachte die Bäuerin, als sie ein neues Loch entdeckte. »Das Beste wäre schon, wenn ich ihn tief in den Wald führte, so tief, daß er nicht mehr heimfinden könnte, und ihn dort zurückließe.«

»Obgleich ich mir gar nicht so viele Mühe zu geben brauchte, um ihn los zu werden«, fuhr sie nach einem Weilchen fort. »Ich brauchte ihn nur einen Augenblick ohne Aufsicht zu lassen, dann würde er schon im Brunnen ertrinken oder im Herde verbrennen oder vom Hunde gebissen oder von den Pferden gestoßen oder von den Knechten erschlagen werden. Ja, es wäre ein Leichtes, ihn los zu werden, denn ausgelassen und schlimm ist er, und es gibt keinen, der ihn nicht haßte. Ich glaube, wenn ich ihn nicht beständig um mich hätte, würde gleich jemand die Gelegenheit benützen und ihn umbringen.«

Sie ging hin und sah das Kind an, das in einer Ecke der Stube lag und schlief. Es war sehr gewachsen und sah nun noch viel häßlicher aus, als da sie es zum ersten Male erblickt hatte. Es hatte große, wulstige Lippen, die Augenbrauen waren wie zwei steife Bürsten, und die Haut war ganz braun.

»Deine Kleider flicken und über dich wachen, ginge wohl noch an«, dachte sie. »Wenn ich deinetwegen nicht schlimmere Sorgen hätte. Es ist ja fast, als hätte ich den Verstand verloren, daß ich so viel um dich leide, wo du doch nichts andres bist als ein widerwärtiger Troll. Mein Mann verabscheut mich, die Knechte verachten mich, die Mägde höhnen mich, die Katze faucht mich an, der Hund knurrt, wenn er mir begegnet; und an dem allen bist du nur schuld.«

»Aber daß Tiere und Menschen mich hassen, ist noch nicht das Schlimmste«, fuhr sie nachdenklich fort. »Das Schlimmste ist, daß ich mich jedesmal, wenn ich dich ansehe, um so mehr nach meinem eignen Sohn sehne. O, mein liebes Kind, mein allerliebstes Goldkind, wo bist du jetzt? Schläfst du jetzt bei der Trollin auf Moos und Reisig?«

Da ging die Tür auf, und die Frau begab sich wieder zum Tisch und setzte sich zu ihrer Näherei. Es war ihr Mann, der eintrat. Er hatte ein lächelndes Gesicht und sprach mit freundlicherer Stimme als seit langer Zeit.

»Heute ist im Nachbardorf Jahrmarkt«, sagte er. »Wie wär es, wenn wir hingingen?«

»Ach, das wollte ich gar so gerne«, sagte die Frau und wurde sehr froh.

»Nun, dann mach dich rasch fertig«, sagte der Mann. »Wir müssen zu Fuß gehen, denn die Pferde sind bei der Arbeit. Aber wir kommen noch zurecht, wenn wir den Weg über den Hügel nehmen.«

Ein kleines Weilchen später stand die Frau in Feiertagskleidern auf der Schwelle. Das war das Freudigste, was ihr nun schon seit Jahren begegnet war, und sie hatte das Trollkind völlig vergessen. »Aber«, dachte sie ganz plötzlich, »vielleicht will mein Mann mich nur fortlocken, damit einer der Knechte das Trollkind erschlagen kann, während ich nicht daheim bin.« Sogleich ging sie in die Stube und kam mit dem großen Trolljungen auf dem Arm zurück.

»Kannst du den Wechselbalg nicht daheim lassen?« fragte der Mann, aber er lachte dabei und war ganz sanft. – »Nein, ich traue mich nicht, von ihm fortzugehen«, sagte sie. »Ja, das ist deine Sache«, sagte der Bauer, »aber es wird dir schwer werden, solch' einen Bengel den Hügel hinaufzuschleppen.«

Sie begannen nun ihre Wanderung, aber es ging steil aufwärts, man mußte einen hohen Gebirgsgrat erklimmen, ehe man in das benachbarte Dörfchen kam.

Die Frau wurde schließlich so müde, daß sie kaum mehr einen Fuß vor den andern setzen konnte. Einmal ums andre suchte sie den großen Burschen zu überreden, selbst zu gehen, aber er wollte nicht.

Der Mann war die ganze Zeit über vergnügt und so freundlich, wie er noch nie gewesen war, seit sie ihr Kind verloren hatten. »Jetzt mußt du mir aber den Wechselbalg geben«, sagte er, »ich werde ihn ein Weilchen tragen.« – »Ach nein, ich kann schon«, sagte die Frau, »ich will nicht, daß du von diesem Trollzeug Beschwerden hast.« – »Warum sollst du dich allein damit abplagen«, sagte er und nahm den Wechselbalg.

Als der Bauer das Kind nahm, war der Weg gerade am allersteilsten. Er führte ganz schmal und schlüpfrig am Rande eines Abgrundes vorbei, und es war kaum Platz, um den Fuß aufzusetzen. Die Frau ging hinter ihm, und sie bekam plötzlich große Angst, daß dem Mann etwas geschehen könnte, wie er da ging und das Kind trug. »Geh hier vorsichtig«, rief sie. Sie meinte, wenn er so rasch und unachtsam ginge, müßte er stürzen. Gleich darauf glitt er auch wirklich aus und hatte fast das Trolljunge in den Abgrund fallen lassen.

»Nein, wenn das Kind jetzt gefallen wäre, dann wären wir es für alle Zeit los gewesen«, dachte sie. Aber in demselben Augenblicke stand es ihr klar vor Augen, daß es die Absicht des Mannes war, das Kind hier hinunterzuwerfen und dann zu tun, als wäre ein Unglück geschehen. – Ach, ach, dachte sie, ist es so?! Er hat das alles nur so eingerichtet, um das Kind zu beseitigen, ohne daß ich merke, daß er es mit Absicht tut. Ja, wäre es nicht am besten, wenn ich ihm seinen Willen ließe?

Wieder rutschte der Mann auf einem lockern Stein aus, wieder wäre ihm das Kind fast aus dem Arm gefallen. »Gib mir das Kind, du fällst damit«, sagte die Frau. – »Nein«, sagte der Mann, »ich werde schon aufpassen.« – »Du sollst es mir geben«, rief die Frau, »du bist schon zweimal ausgeglitten.«

In demselben Augenblick rutschte der Mann zum drittenmal aus. Er streckte die Arme nach einem Baumast, um sich daran festzuhalten, und das Kind fiel. Die Frau kam dicht hinterdrein, und obgleich sie eben noch gedacht hatte, daß es schön wäre, den Wechselbalg loszuwerden, stürzte sie nun vor, packte einen Zipfel des Kittelchens und zog das Kind daran wieder auf den Weg. Da wendete sich der Mann zu ihr. Sein Gesicht war jetzt häßlich und wie verwandelt. »Als du unser Kind im Walde fallen ließest, warst du nicht so flink«, sagte er zornig.

Die Frau antwortete nichts. Sie saß auf der Erde und weinte darüber, daß die Freundlichkeit des Mannes nur gespielt gewesen war. »Warum weinst du?« sagte er hart. »Es wäre wohl kein so großes Unglück gewesen, wenn ich den Balg hätte fallen lassen. Komm jetzt, es wird spät.« – »Ich glaube, ich hab keine Lust mehr, auf den Markt zu gehen«, sagte sie. – »Na ja, mir ist die Lust auch vergangen«, sagte er. »Ich will lieber nach Hause«, sagte die Frau. »Ja, warum sollten wir auch hin, wenn es uns keine Freude macht«, sagte der Mann und war einig mit ihr.

Auf dem Heimwege ging der Mann einher und fragte sich, wie lange er es noch mit seinem Weibe aushalten könnte. Wenn er nun von seiner Macht Gebrauch machte und ihren Willen zwänge, dann könnte ja noch alles zwischen ihnen wieder gut werden, meinte er; aber so, wie es jetzt war, wollte er am liebsten von ihr befreit sein. Er war nahe daran, Gewalt gegen sie anzuwenden und das Kind an sich zu reißen, aber gerade da begegnete er dem Blick des Weibes, der so schwermütig und traurig auf ihm ruhte, daß er es nicht vermochte, hart gegen sie zu verfahren. Um ihrer Trauer willen tat er sich Gewalt an, wie er es bisher getan hatte, und alles blieb, wie es gewesen war.

Wieder vergingen ein paar Jahre, und es kam eine Sommernacht, wo im Bauernhof eine Feuersbrunst ausbrach. Als die Leute aufwachten, waren Stube und Kammer voll Rauch, und der ganze Dachboden war ein Feuermeer. Es war gar nicht daran zu denken, zu löschen oder zu retten; man konnte nur hinausstürmen, um nicht zu verbrennen.

Der Bauer ging in den Hof hinaus und stand da und sah das brennende Haus an. »Eins möchte ich wissen, wer mir das angetan hat?« – »Wer? Nun, wer sollte es wohl anders sein als der Wechselbalg?« sagte ein Knecht. »Es war schon lange immer sein Spiel, Scheiterhaufen aus Reisig zu machen und sie anzuzünden.« – »Gestern hat er einen großen Haufen trockne Zweige auf den Dachboden getragen«, sagte die Magd.

»Er wollte sie eben anzünden, als ich kam und ihn bemerkte.« – »Gewiß hat er sie gestern Abend in Brand gesteckt«, sagte der Knecht. »Ihr könnt ganz sicher sein, daß er das Unglück verursacht hat.«

»Wenn er nur wenigstens verbrennen wollte«, sagte der Bauer, »dann wollte ich nicht klagen, daß meine alte Hütte durch ihn in Flammen aufgegangen ist.« Wie er das eben sagte, trat die Frau aus dem Hause und schleppte das Kind hinter sich her. Da stürzte der Bauer heran, entriß ihr das Kind, hob es hoch in die Luft und warf es wieder in das Haus zurück. Das Feuer schlug gerade zum Dach und zu den Fenstern heraus, und die Hitze war fürchterlich. Einen Augenblick sah die Frau den Mann an, leichenblaß vor Schrecken, dann kehrte sie um und eilte in das Haus zurück, dem Kinde nach.

»Es macht mir gar nichts, wenn du mit verbrennst«, rief ihr der Bauer nach. Sie kam jedoch wieder heraus und hatte das Kind in den Armen. Ihre Hände waren arg verbrannt, und das Haar war fast abgesengt. Niemand sagte ein Wort zu ihr, als sie herauskam. Sie ging zum Brunnen, löschte ein paar Funken, die an ihrem Rocksaum glühten, und setzte sich dann auf den Boden. Das Trollkind lag auf ihrem Schoß und schlummerte bald ein, doch sie saß hochaufgerichtet und wach da und starrte mit traurigen Augen vor sich hin. Eine ganze Menge Menschen eilten herbei, um zu löschen, aber niemand sprach zu ihr. Es sah aus, als meinten alle, daß sie etwas Häßliches und Unheimliches an sich hätte, das Schrecken und Abscheu errege.

Bei Tagesanbruch, als das Feuer gelöscht war, kam der Bauer auf sie zu. »Ich halte es nicht länger aus, ich kann nicht mit Trollen zusammenleben, obgleich ich dich ungern verlasse. Ich gehe jetzt meiner Wege und komme nie wieder.«

Als die Frau diese Worte hörte und sah, wie der Mann sich gleich darauf abwendete, um seiner Wege zu gehen, da fuhr ein Zucken durch sie, als wollte sie ihm nacheilen, aber das Trollkind lag schwer auf ihrem Schoß. Sie schien nicht Kraft genug zu haben, es abzuschütteln, sondern blieb sitzen.

Aber kaum war der Bauer in den Wald gekommen, als ihm ein kleiner Knirps in vollem Lauf über die Hügel entgegenkam. Er war schön wie ein junges Bäumchen, so schmal und schlank, das Haar war seidenweich, und die Augen leuchteten wie blauer Stahl. »Ach ja, so wäre mein Sohn jetzt, wenn ich ihn hätte behalten dürfen«, dachte der Bauer. »Einen solchen Erben hätte ich gehabt. Das wäre freilich ein ander Ding gewesen als das schwarze Ungetüm, das meine Frau mir ins Haus gebracht hat.«

»Grüß Gott«, sagte der Bauer, »wohin gehst du denn?« – »Grüß Gott«, sagte das Bürschchen und reichte ihm die Hand. »Wenn du erraten kannst, wer ich bin, sollst du erfahren, wohin ich gehe.«

Als der Bauer die Stimme hörte, wurde er ganz blaß.

»Ich kenne diese Stimme«, sagte er. »Wenn mein Sohn nicht bei den Trollen wäre, würde ich sagen, daß du es bist.« – »Ja, jetzt habt Ihr recht geraten, Vater«, sagte das Bürschchen und lachte. »Und weil Ihr recht geraten habt, sollt Ihr auch wissen, daß ich auf dem Wege zur Mutter bin.« – »Du sollst nicht zur Mutter gehen«, sagte der Bauer. »Sie fragt gar nicht nach dir. Sie hat für niemand ein Herz, als für ein großes garstiges Trolljunges.« – »Meint Ihr das, Vater?« sagte der Knabe und sah dem Vater tief in die Augen. »Dann ist es vielleicht besser, wenn ich fürs erste bei Euch bleibe.«

Der Bauer war so froh über das Kind, daß ihm die Tränen in die Augen kamen. »Ja, bleib du nur bei mir«, sagte er und nahm den Knaben in seine Arme und küßte ihn. Er hatte förmlich Angst, ihn aufs neue zu verlieren, und wagte es nicht, ihn wieder auf den Boden zu stellen, sondern wanderte mit dem Kinde im Arme weiter.

Als er ein paar Schritte gegangen war, begann der Kleine zu plaudern. »Das ist gut, daß Ihr mich nicht so tragt, wie Ihr den Wechselbalg getragen habt«, sagte der Knabe. »Was meinst du damit?« fragte der Bauer. »Ja, die Trollin ging auf der andern Seite der Kluft mit mir, und jedesmal, wenn Ihr mit dem Kinde ausglittet, Vater, glitt sie mit mir aus. »Ach was, ihr gingt auf der andern Seite der Kluft?« sagte der Bauer und wurde plötzlich ganz nachdenklich. »Nie habe ich solche Angst gehabt«, sagte das Bürschchen. »Als Ihr das Trollkind in die Schlucht warft, wollte mich die Trollin hinterherwerfen. Wäre Mutter nicht so geschwind gewesen und hätte den andern gerettet –«

Der Bauer begann langsamer zu gehen, während er dem Kleinen Fragen stellte. »Du mußt mir doch erzählen, wie es dir bei den Trollen ergangen ist.« – »Manchesmal recht schlimm«, sagte der Kleine, »aber wenn Mutter nur gut gegen das Trolljunge war, dann war die Trollin auch gut gegen mich.«

»Pflegte sie dich vielleicht zu schlagen?« fragte der Bauer. »Sie schlug mich nicht öfter, als Ihr das andre Kind schlugt.« – »Was kriegtest du denn zu essen?« fragte der Bauer. »Jedesmal, wenn Mutter dem Wechselbalg Spinnen und Mäuse gab, bekam ich Butterbrot. Aber wenn ihr dem Trolljungen Kuchen und Fleisch vorsetztet, dann setzte mir die Trollin Schlangen und Kröten vor. In der ersten Zeit wäre ich fast verhungert. Wenn Mutter dann nicht mehr Barmherzigkeit bewiesen hätte als ihr andern, so hätte ich wohl ins Gras beißen müssen.«

Als das Kind dies sagte, machte der Bauer Kehrt und ging rasch in das Tal hinab, seinem Hofe zu. »Ich weiß nicht, woher das kommt«, sagte er, »aber es ist mir, als spürte ich einen Brandgeruch, wenn ich dich anrühre, und dein Haar sieht aus, als ob es vom Feuer versengt wäre.« – »Das ist doch nicht zu verwundern«, sagte das Kind. »Ich wurde doch heute Nacht ins Feuer geworfen, als Ihr das Trollkind in die brennende Hütte schleudertet. Und wenn Mutter das Trolljunge nicht gerettet hätte, so wäre ich wohl auch verbrannt.«

Der Bauer schien nun solche Eile zu haben, daß er fast lief, um in sein Heim und zu seinem Weibe zurückzukommen. Aber plötzlich blieb er stehen. »Jetzt mußt du mir aber sagen, woher es kommt, daß die Trolle dich freigegeben haben?« sagte er. – »Als Mutter das opferte, was ihr mehr ist als das Leben, hatten die Trolle keine Macht mehr über mich und ließen mich ziehen«, sagte das Kind. – »Hat sie geopfert, was ihr mehr ist als das Leben?« fragte der Bauer. »Ja, das hat sie wohl, als sie Euch ziehen ließ, ohne einen Versuch zu machen, Euch zurückzuhalten«, sagte das Kind.

Die Frau saß noch immer auf demselben Fleck am Brunnen. Sie schlief nicht, aber sie schien wie versteinert. Sie vermochte sich nicht zu rühren; und was rings um sie vorging, das bemerkte sie ebensowenig, als wenn sie tot gewesen wäre. Da hörte sie die Stimme ihres Mannes nach ihr rufen, und ihr Herz begann wieder zu pochen, und das Leben erwachte in ihr. Sie schlug die Augen auf und sah sich wie eine Schlaftrunkene um. Es war hellichter Tag, die Sonne schien, und die Vögel sangen, und es schien ihr ganz unmöglich, daß sie an einem so schönen Morgen noch ihr Unglück zu tragen haben sollte. Aber gleich darauf sah sie die verkohlten Balken, die noch umherlagen, wo einst die Hütte gestanden hatte, und eine Menge Menschen mit geschwärzten Händen und berußtem Gesicht, und da kam es ihr zum Bewußtsein, daß sie zu einem schwereren Unglück erwachte als je zuvor; aber dennoch hatte sie das Gefühl, als ob es nun zu Ende sein müßte. Sie sah sich nach dem Wechselbalg um. Er lag nicht mehr auf ihrem Schoße und war auch nicht in der Nähe zu sehen. Wäre alles wie sonst gewesen, sie wäre aufgesprungen und hätte nach ihm gesucht, aber jetzt empfand sie gar keine Unruhe um ihn. Sie hörte ihren Mann aus weiter Ferne rufen. Er kam aus dem Walde, zum Hofe hinunter, und alle die fremden Menschen, die beim Löschen geholfen hatten, liefen ihm entgegen und umringten ihn, so daß sie ihn nicht sehen konnte. Sie hörte nur, wie er unaufhörlich rief: »Mutter, Mutter! Komm doch und sieh, komm und sieh!« Und die Stimme brachte Kunde von einer großen Freude, aber sie blieb dennoch regungslos sitzen. Sie wagte ihm nicht entgegenzugehen. Endlich kam die ganze Menschenschar auf sie zu, und der Mann trennte sich von den andern und kam heran und legte ein schönes Kind in ihre Arme.

»Hier ist unser Sohn, er ist zu uns zurückgekehrt«, sagte der Mann. »Und du – und kein andrer – hast ihn gerettet.«

Der Spielmann

Ein Spielmann geht eines Sonnabends spät nachts mit seiner Fiedel unterm Arme einher. Er ist sehr munter und fröhlich, denn er kommt von einem Feste, wo er mit seinem Spiel alt und jung zum Tanzen verlockt hat.

Wie er nun so geht, denkt er just daran, wie niemand sich stille halten konnte, solange sein Bogen im Gange war. Ein so wilder Tanz hatte durch die Stube gewirbelt, daß es ihm ein paarmal gewesen war, als tanzten Tische und Stühle mit.

»Ich glaube doch sicherlich, daß sie niemals einen solchen Spielmann wie mich an diesem Orte gehabt haben«, sagte er zu sich selbst.

»Aber recht schwer habe ich es gehabt, bis ich ein so tüchtiger Kerl wurde«, fährt er fort. »Das war kein Spaß, als ich noch ein Kind war und die Eltern mir befahlen, Schafe und Kühe zu hüten, und ich alles vergaß und nur dasaß und an meiner Geige zupfte. Ja, und nicht einmal eine richtige Geige wollten sie mir daheim geben. Ich hatte nichts andres zum Spielen als eine alte Holzkiste, über die ich Saiten gespannt hatte.

Am Tage, wenn ich allein im Walde sein durfte, ging es mir ja ganz gut, aber es war kein Spaß, am Abend heimzukommen, wenn die Herde sich mir verirrt hatte. Da bekam ichs unzählige Male von Vater und Mutter zu hören, daß ich ein Taugenichts sei, und daß nie etwas aus mir werden würde.«

In dem Teil des Waldes, den der Spielmann durchwandert, bahnt sich ein kleiner Bergstrom seinen Weg. Da ist der Boden steinig und hügelig, und dem Strom macht es große Beschwerden, vorwärts zu kommen. Er windet sich hin und her, stürzt sich über kleine Fälle und scheint doch nicht vom Fleck zu kommen. Der Weg hingegen, den der Spielmann wandert, versucht so schnurgerade zu gehen wie nur möglich. Er trifft so immer wieder mit dem sich schlängelnden Bergstrom zusammen und springt jedesmal auf einem kleinen Brücklein hinüber. Der Spielmann muß daher einmal ums andre den Strom überschreiten; und das macht ihm Freude. Es ist ihm so, als hätte er nun im Walde Gesellschaft gefunden.

Er geht durch die helle Sommernacht. Die Sonne ist noch nicht aufgestanden, aber es hat nicht viel zu sagen, daß sie sich ferne hält, denn es herrscht doch auf jeden Fall volles Licht. Aber richtig so wie am Tage ist es doch nicht.

Alles hat eine andre Farbe. Der Himmel ist ganz weiß, die Bäume und die hohen Kräuter im Grase sind glänzend grau. Aber alles ist ebenso deutlich erkennbar wie am Tage, und als der Spielmann auf einer der vielen Brücken stehen bleibt und in den Strom hinabblickt, kann er jedes Bläschen unterscheiden, das durch das Wasser perlt.

»Wenn ich solch einen Strom in der Wildnis sehe, muß ich mich an mein eignes Leben erinnern«, denkt der Spielmann. »Ebenso halsstarrig wie er habe ich mir meine Straße gebahnt, vorbei an allem, was sich mir in den Weg stellte. Da war Vater: er stellte sich mir entgegen wie ein harter Fels. Und da war Mutter: sie suchte mich still zu halten und mich gleichsam zwischen Mooshügelchen einzubetten. Aber ich schlich mich an Vater und Mutter vorbei, und hinaus in die Welt ging es. Haha, jaja, ich denke, Mutter sitzt daheim und weint noch um mich; aber was kümmert das mich! Sie hätte doch verstehen können, daß aus mir etwas werden mußte, und hätte nicht versuchen sollen, mir entgegen zu sein.«

Ungeduldig reißt er ein paar Blätter von einem Busch ab und wirft sie in den Strom.

»So habe ich mich von allem daheim losgerissen«, sagt er, als er sieht, wie das Wasser die Blätter forttreibt.

»Möchte doch gerne wissen, ob Mutter erfahren hat, daß ich nun der beste Spielmann in ganz Värmland bin?« sagt er, während er weiter wandert.

Er geht mit rüstigen Schritten vorwärts, bis er wieder zu einem Steg kommt. Da bleibt er abermals stehen und sieht in den Strom hinab. Unter der Brücke schäumt der Strom in reißendem Fall und macht ein erschreckliches Getöse. Da es Nacht ist, hört man ganz andre Laute als am Tage, und der Spielmann wundert sich gar sehr, wie er stehen bleibt und lauscht. Da ist kein Vogelgesang im Walde und kein Spiel in den Nadeln und kein Rascheln im Laube. Keine Wagenräder knarren auf dem Wege, und keine Kuhschellen klingeln. Man hört nur den Bergstrom, aber gerade darum hört man ihn wohl umsoviel besser und anders als am Tage. Es klingt, als wenn alles Denkbare und Undenkbare in der Tiefe des Stromes wäre. Vor allem klingt es, als wenn jemand dort unten säße und zwischen großen Steinen Korn mahlte, aber zuweilen klingt es so, wie wenn Becher bei einem Trinkgelage aneinander stoßen, und manchmal hört man ein Murmeln, wie wenn die Gemeinde aus der Kirche kommt und nach dem Gottesdienst in eifrigem Gespräch auf dem Kirchenhügel steht.

»Das hier ist wohl auch eine Art Musik«, denkt der Spielmann, »obschon ich nicht finden kann, daß es besonders weit damit her ist. Ich sollte doch meinen, daß die Weise, die ich jüngst gesetzt habe, mehr wert ist, daß man auf sie horche.«

Aber je länger der Spielmann steht und dem Wasserfall lauscht, desto besser und besser gefällt ihm dessen Lied.

»Ich glaube wirklich, du nimmst dich zusammen«, sagt er zum Wasserfall. »Du mußt wohl merken, daß der beste Spielmann von ganz Värmland da steht und dir zuhört.«

In demselben Augenblick, wo er dies sagt, vermeint er, aus der Tiefe ein paar metallklare Laute zu vernehmen, wie wenn jemand an einer Saite zupft, um zu prüfen, ob sie stimme.

»Sieh da, nun ist der Wassermann selbst zur Stelle gekommen; ich höre, wie er an seiner Fiedel zupft«, sagt der Spielmann und lacht. »Aber ich kann doch nicht die ganze Nacht hier stehen bleiben und darauf warten, daß du anfängst«, ruft er gleich darauf ins Wasser hinab. »Nun muß ich weiter gehen, aber ich verspreche dir, daß ich auch auf der nächsten Brücke stehen bleiben und horchen will, ob du zu spielen begonnen hast.«

Er wandert weiter, und während der Strom auf seinem geschlängelten Wege in den Wald hineinläuft, fängt er wieder an, an seine Heimat zu denken.

»Ich möchte wohl wissen, wie es mit dem kleinen Bächlein steht, das an unserm Gehöft vorbeifließt; das wollte ich gerne wieder einmal sehen. Ich sollte doch einmal heimgehen, um zu sehen, ob die Mutter dürftige und schwere Zeit hat, seit Vater tot ist, – wenn ich nur die Zeit finden könnte. Aber ich bin so beschäftigt; da ist es fast unmöglich. Ich kann zu nichts anderm Zeit finden als für meine Fiedel; es gibt ja kaum einen Abend in der Woche, an dem ich frei wäre.«

Nach einem kleinen Weilchen trifft er den Strom wieder, und damit kommt er allsogleich auf andre Gedanken. Bei diesem Übergang kommt der Bergstrom nicht in einem donnernden Wasserfall herangestürzt, sondern er fließt ganz sacht vorbei. Tiefschwarz und blank liegt er unter den nächtig grauen Bäumen des Waldes und trägt noch hier und dort einen schneeweißen Schaumkamm von den obern Fällen.

Als der Spielmann auf das Brücklein kommt und keinen andern Laut vom Strome hört als hie und da ein leises Plätschern, fängt er abermals zu lachen an.

»Ich konnte es mir ja denken, daß der Neck sich nicht bequemen würde, zum Stelldichein zu kommen«, rief er. »Freilich habe ich immer gehört, daß er ein tüchtiger Spielmann sein soll, aber gar so weit her kann es doch nicht mit ihm sein, wenn er immer ganz still im Bach liegt und nie etwas Neues zu hören bekommt. Er weiß schon, daß hier einer steht, der die Sache besser versteht als er, und darum will er sich nicht hören lassen.«

Damit geht er weiter und verliert den Strom wieder aus den Augen.

Er kommt in eine Gegend des Waldes, die ihn immer unheimlich und gruselig zu durchwandern däuchte. Da ist der Boden von Steinen und Geröll bedeckt, und verkrümmte Tannenwurzeln schlängeln sich dazwischen durch. Wenn es etwas Verhextes oder Gefährliches im Walde gäbe, sollte man wohl meinen, daß es sich gerade hier verborgen halten müßte.

Als der Spielmann zwischen die wilden Steinblöcke kommt, überläuft ihn ein Schauder, und er fängt an zu bedenken, ob es nicht unklug von ihm gewesen sei, sich vor dem Neck zu rühmen.

Es dünkt ihn, daß die großen Tannenwurzeln Gebärden gegen ihn machten, als wollten sie ihm drohen.

»Hüte dich, du, der du mehr sein willst als der Wassermann!« scheinen sie zu sagen.

Der Spielmann fühlt, wie das Herz sich ihm vor Angst zusammenschnürt. Eine solche Last legt sich ihm auf die Brust, daß er kaum atmen kann, und seine Hände werden eiskalt. Er bleibt mitten auf dem Wege stehen und sucht sich selbst Vernunft zuzusprechen.

»Es gibt doch keinen Spielmann im Wasserfall!« sagt er. »Das ist nur Aberglaube und Ammenmärchen. Darum ist es ganz gleichgültig, was ich von ihm gesagt habe oder nicht gesagt habe.«

Wie er so spricht, sieht er sich im Walde um, als wollte er bekräftigt finden, daß es sich so verhalte, wie er gesagt. Wenn es Tag gewesen wäre, so hätte wohl jedes Blättchen ihm zugeblinkt, daß es im Walde nichts Gefährliches gäbe; aber jetzt bei Nacht stehen alle Bäume verschlossen und stumm da und sehen aus, als bärgen sie gefährliche Heimlichkeiten.

Der Spielmann wird auch immer ängstlicher. Was ihm am meisten Schrecken einflößt, ist, daß er noch einmal über den Strom gehen muß, bevor der und der Weg sich trennen und nach verschiednen Seiten ziehen. Er weiß nicht, was der Wassermann ihm tun wird, wenn er über die letzte Brücke geht. Vielleicht wird er eine große schwarze Hand aus den Fluten emporrecken und ihn in die Tiefe ziehen.

Er hat sich solche Angst eingejagt, daß er ernstlich daran denkt, umzukehren. Aber dann würde er ja wieder den Strom treffen. Und wenn er vom Wege abwiche und tiefer in den Wald hineinginge, dann müßte er ihm wohl auch begegnen, wie der sich krümmte und schlängelte.

Er fühlt solche Angst, daß er nicht weiß, was er anfangen soll. Er ist von dem Strome verstrickt, gebunden und gefangen und sieht keine Möglichkeit des Entrinnens.

Aber nun fängt er zu laufen an, so rasch ihn die Beine tragen wollen, denn es ist ihm etwas eingefallen:

»Gerade hier macht der Strom eine weite Biegung in den Wald hinaus. Der Wassermann hat bis zur nächsten Brücke einen viel weitern Weg als ich. Vielleicht kann ich ihn überholen, ehe er noch ans Ziel gekommen ist.«

Und er läuft, er läuft.

* *
*

Endlich sieht er den letzten Steg vor sich. Gerade gegenüber auf der andern Seite des Bergstroms liegt eine alte Mühle, die schon so manches liebe Jahr verlassen dasteht. Das große Mühlrad hängt regungslos über dem Wasser, die Schleuse vermodert oben auf der Erde, die Wasserrinnen sind mit Moos bewachsen, und in den leeren Dachluken wuchern Steinwurz und Moosflechte.

»Wenn es noch wäre wie früher und es hier Menschen gäbe«, denkt der Spielmann, »dann wäre ich nun aus aller Gefahr erlöst.«

Aber es beruhigt ihn doch, ein Haus zu sehen, das ein Überbleibsel von Menschenwerk ist, und als er den Strom überschreitet, hat er beinahe keine Angst mehr. Es geschieht ihm auch gar nichts Gefährliches. Der Wassermann scheint ihm nichts anhaben zu wollen. Der Spielmann wundert sich nur über sich selbst, daß er sich wegen rein gar nichts solche Furcht hat einjagen lassen.

Er fühlt sich ganz fröhlich und geborgen, und noch froher wird er, als die Tür der Mühle sich öffnet und ein junges Mägdlein ihm entgegenkommt.

Sie sieht ganz aus wie eine gewöhnliche Bauerndirne. Sie hat ein Baumwolltuch auf dem Kopfe, ein kurzes Röckchen und ein weites Leibchen, aber die Füße sind bloß.

Sie geht auf den Spielmann zu und sagt ihm ohne Umschweife:

»Willst du mir eins spielen, so will ich dir eins tanzen.«

»Ja, freilich« sagt der Spielmann, der bei guter Laune ist, weil er seine Angst abgeschüttelt hat, »das will ich wohl. Hab doch noch nie einem schönen Mädchen, das tanzen wollte, Nein gesagt.«

Er setzt sich auf einen Stein neben dem Mühldamm, lehnt die Fiedel ans Kinn und hebt an zu spielen.

Das Mädchen macht ein paar Schritte im Takt zu seinem Spiel, aber dann bleibt es stehen.

»Was ist denn das für eine Polka, die du da spielst?« sagt sie. »Da liegt ja keine Kraft darin.«

Der Spielmann ändert die Melodie, er versucht es mit einer, in der mehr Schwung ist. Die Dirne bleibt mißmutig stehen.

»Nach einer solchen Schleppolka kann ich nicht tanzen«, sagt sie.

Da stimmt der Spielmann die wildeste Weise an, die er kennt.

»Bist du mit der nicht zufrieden«, sagt er, »dann mußt du einen Spielmann rufen, der es besser kann als ich.«

Wie er das sagt, fühlt er, daß eine Hand seinen Arm gerade am Ellenbogen packt und den Bogen zu führen und den Takt zu befeuern anfängt.

Da entströmt der Geige eine Weise, wie er ihresgleichen niemals zuvor gehört hat. Es ist ein so hurtiger Takt darin, daß es ihn bedünken will, ein rollendes Rad könnte ihr nicht folgen.

»Ja, das nenn ich eine Polka«, sagt die Dirne und beginnt sich im Kreise zu drehen.

Aber der Spielmann sieht sie nicht an. Er ist so erstaunt über die Weise, die er spielt, daß er die Augen schließt, um besser zu hören.

Als er sie nach einer Weile wieder aufschlägt, ist das Mädchen verschwunden, aber er denkt nicht weiter daran.

Er spielt weiter und immer weiter, denn nie zuvor hat er ein solches Geigenspiel gehört.

»Aber nun mag es wohl Zeit sein, aufzuhören«, denkt er schließlich und will den Bogen niederlegen.

*　*
*

Aber der Bogen regt sich weiter. Er kann ihn nicht zum Stehen bringen. Er gleitet auf und nieder über die Saiten und reißt die Hand und den Arm mit. Und die Hand, die den Geigenhals umfaßt und auf den Saiten fingert, die kann auch nicht loskommen.

Der kalte Schweiß tritt dem Spielmann auf die Stirn, und er erschrickt nun wirklich.

»Wie soll dies enden? Soll ich bis zum jüngsten Tage hier sitzen und spielen?« fragt er sich in Verzweiflung.

Der Bogen jagt dahin und zaubert eine Weise nach der andern hervor; stets ist es etwas Neues und so schön, daß der Arme denken muß:

»Der auf meiner Geige spielt, der versteht die Kunst. Aber ich bin all mein Lebtag ein elender Stümper gewesen. Jetzt erst lerne ich, wie Musik klingen soll.«

Für ein paar Augenblicke kann ihn die Musik so hinreißen, daß er sein unglückseliges Schicksal vergißt. Aber dann fühlt er seine Arme vor Müdigkeit schmerzen, und er wird aufs neue von Verzweiflung erfaßt.

»Diese Geige darf ich nicht von mir legen, bis ich mich zu Tode gespielt habe. Ich merke, daß der Neck sich nicht früher zufrieden gibt.«

Er fängt an, über sich selbst zu weinen, während er immer weiter spielt.

»Es wäre besser für mich gewesen, wenn ich daheim in dem kleinen Hüttchen bei Mutter geblieben wäre. Was ist aller Ruhm wert, wenn dies das Ende sein soll!«

Da sitzt er nun Stunde um Stunde. Es wird Morgen, die Sonne geht auf, und die Vögel singen rings um ihn her. Aber er spielt, er spielt ohne Unterlaß.

Da es ein Sonntag ist, der anbricht, bleibt er ganz allein an der alten Mühle sitzen. Kein Mensch wandert in den Wald. Sie gehen alle zur Kirche unten im Tal, und in die Dörfer, die die große Landstraße einsäumen.

Es wird Vormittag, die Sonne steigt immer höher. Die Vögel verstummen, aber es beginnt in den langen Nadeln der Tannen zu rauschen.

Er läßt sich von der Hitze des Sommertages nicht aufhalten. Er spielt, er spielt. Es wird endlich Abend, die Sonne sinkt zur Ruh, aber sein Bogen braucht keine Ruhe, und sein Arm fährt fort sich zu regen.

»Es ist ganz gewiß, daß dies mein Tod ist«, sagt er. »Und es ist eine gerechte Strafe für meinen Übermut.«

In tiefer Nacht kommt der erste Mensch, den er den ganzen Tag lang gesehen hat, durch den Wald gewandert. Es ist ein altes armes Mütterchen mit gebeugtem Rücken und grauem Haar und einem Gesichte, das von vielen Sorgen vergrämt ist.

»Das ist seltsam«, denkt der Spielmann. »Es ist mir, als wenn ich das alte Weiblein kennen müßte. Kann es möglich sein, daß das Mutter ist? Kann es möglich sein, daß Mutter so alt und grau geworden ist?«

Er ruft sie laut und bittet sie.

»Mutter, Mutter, komm her zu mir!« sagt er. Sie bleibt wie unwillig stehen.

»Ich höre, daß du der beste Spielmann in Värmland bist«, sagt sie. »Was hast du mit einem armen alten Weibe wie mir zu schaffen?«

»Mutter, Mutter, geh nicht an mir vorbei«, ruft der Spielmann, »komm her und sieh mich an!«

Da kommt sie näher und sieht, wie er da sitzt und spielt. Das Gesicht ist bleich wie bei einem Toten, das Haar trieft von Schweiß, und das Blut perlt unter seinen Nagelwurzeln hervor.

»Mutter«, sagt der Spielmann, »nun habe ich mich bald zu Tode gespielt, aber sage mir vorher noch, ob du mir verzeihen kannst, daß ich dich in deinem Alter einsam und arm hausen ließ?«

»Ja, gewiß, in Gottes, des Erlösers, Namen verzeih ich dir«, sagt die Mutter.

Aber wie sie dies sagt, bleibt der Bogen stehen, die Fiedel fällt aus den erstarrten Fingern zu Boden, und der Spielmann steht erlöst und gerettet auf. Denn der Zauber ist gebrochen, weil seine alte Mutter zu ihm gekommen ist und Gottes Namen über ihn ausgesprochen hat.

Das Heinzelmännchen von Töreby

Ich weiß noch, wie ich einmal als Kind an einem alten Hof vorüberfuhr, von dem man wußte, daß es da ein Heinzelmännchen gab. Dieser Hof lag sehr einsam und unschön an einem flachen Seeufer. Es war kein Garten um das hohe, weiße Wohnhaus, nur ein paar verkrümmte Bäume standen da. Es war der reizloseste Ort, den ich je gesehen. Aber es schien ein reicher Hof zu sein. Die Wirtschaftsgebäude waren wohlgebaut und von großem Zuschnitt, und auf den Feldern stand die Saat so üppig, daß ich mich noch heute dessen entsinne.

Das merkwürdigste war, die Ordnung zu sehen, die überall herrschte. Ich erinnere mich, daß wir ganz langsam vorbeifuhren, um zu sehen, wie gut die Gräben gezogen waren, wie schnurgerade die Wege liefen und wie fest die Brücken gebaut waren. Wir betrachteten die niedlichen, bemalten Boote, die sich am Strande schaukelten, und eine unermeßlich lange Waschbrücke, die gerade hinaus in den See lief. »Wahrscheinlich will das Heinzelmännchen, daß sie ihre Wäsche in richtig tiefem Wasser spülen«, nicht in dem seichten Strandwasser«, sagten wir.

Denn niemand zweifelte daran, daß alles auf diesem Hofe des Heinzelmännchens wegen so war, und daß die Leute, die dort wohnten, an es glaubten. Aus Angst vor dem Heinzelmännchen durfte kein Strohhalm, kein Span auf dem Hofplatz herumliegen, darum war der Viehstall geputzt wie eine gute Stube, und die Felder waren wie Gartenbeete.

Dieses Heinzelmännchen hatte es zu allen Zeiten auf dem Hofe gegeben, und aus allen Zeiten erzählte man sich Geschichten von ihm. Hier will ich eine berichten, die sich vor etwa zweihundert Jahren zugetragen haben mag.

Es war in einer dunklen Herbstnacht, der Regen goß über die grauen Klotzwände, denn damals war der Herrenhof weder bretterverkleidet noch getüncht, und der Sturm peitschte alle Zweige des hohen Holzapfelbaums, der am Giebel stand, gegen den Dachfirst.

Mitten im ärgsten Unwetter kam eine Eule geflogen. Sie hatte ihr Nest oben im Dachstuhl, auf einem der großen Böden und pflegte durch ein kleines Loch dicht unter der Dachrinne dort hineinzufliegen. Aber bevor sie noch die Luke finden konnte, packte sie der Wind, blähte ihr dichtes Federkleid auf, so daß sie wie ein runder Ball aussah, und schleuderte sie ein paarmal gegen die Wand. Da gab der Vogel jeden weiteren Versuch auf, hereinzukommen. Anstatt dessen setzte er sich auf den Holzapfelbaum und schrie die ganze Nacht hindurch.

Drinnen im Hause war es ganz stumm und still, aber aus dem Lichtschein, der durch die Spalten der Fensterläden rieselte, merkte man, daß die Hausbewohner noch nicht zu Bett gegangen waren. Hin und wieder hörte man Lärmen und lautes Lachen, gleich darauf wurde es wieder totenstill.

Gegen elf Uhr nachts kam die alte Haushälterin des Gutshofs in den Flur hinaus, sie war völlig angekleidet und trug ihre schweren Schlüssel an der Seite, von denen sie sich weder Tag noch Nacht trennen konnte. Die schwere Türe war mit vier verschiedenen Schlössern versperrt, und es dauerte geraume Zeit, bis die alte Frau sie öffnen konnte. Sowie sie einen Spalt aufgebracht hatte, war der Wind schon zur Stelle, schwang sie sperrangelweit auf, warf der Haushälterin einen ganzen Regenschauer ins Gesicht und wirbelte unter den Strohmatten des Hausflurs herum, so daß sie sich krümmten wie die Schlangen.

Die alte Frau schloß die Tür hinter sich zu und wanderte in die Nacht hinaus. Sie ging sehr rasch, wie von einer großen Angst gejagt, und murmelte unaufhörlich: »Der Herr bewahre uns! Der Herr bewahre uns!«

Sie leuchtete sich mit einer Hornlaterne, aber sie war so ganz davon eingenommen an das zu denken, was sie erschreckte und ängstigte, daß sie sich das Licht gar nicht zunutze machte, sondern in Wasserpfützen hineintrat, die sie leicht hätte vermeiden können. Einmal ums andere kam sie in der Verwirrung von dem ausgetretenen Pfad ab, geriet auf den Graswall hinauf und blieb an einer Dornenhecke hängen, die ihr ein Stück aus dem Kleide riß. All dies schien sie gar nicht zu merken. Sie setzte ihre Wanderung unverdrossen fort, indem sie ihr: »Der Herr bewahre uns! Der Herr bewahre uns!« murmelte.

Endlich kam sie zu dem Stallgebäude. Sie stieg die Bodentreppe hinauf, die klein und schmal war und sich an der Außenseite des Hauses entlang schlängelte, und blieb vor dem Türchen zum Heuboden stehen.

Hinter dem Türchen schimmerte ein Lichtschein, und als die Haushälterin sich vorbeugte, konnte sie in ein kleines Stübchen sehen, dessen Wände mit Pferdegeschirr, Zügeln, Sätteln und Riemen behangen waren. Eigentlich war es gar keine Stube, sondern nur eine Abteilung des Heubodens. Das Heu quoll durch die undichten Bretterwände herein, und mitten auf dem Boden war eine große Klappe, durch die man in den Stall hinunterklettern konnte. Auf einem Bett in der Ecke der Kammer saß der alte Gutskutscher. Der leuchtete sich mit einem Kienspan und las in Gottes Wort. Er saß da, als hätte er nicht die Ruhe gehabt, sich bei diesem schweren Unwetter niederzulegen. Jeden Augenblick hob er den Kopf vom Buche und lauschte dem Sturm, dem Regen und dem Eulenschrei.

Die Haushälterin pochte an, und der Kutscher kam und öffnete. Er begann sich sogleich zu entschuldigen, daß er bei offenem Licht dort auf dem Boden saß. Er schien zu glauben, daß sie eigens in die Nacht hinausgegangen war, um ihn zu ermahnen, achtsam mit dem Feuer zu sein. »Ich weiß schon, daß es gefährlich ist«, sagte er, aber ich meinte, es täte not, daß jemand in dieser Nacht in Gottes Wort liest.«

Die alte Frau gab darauf keine Antwort. Sie setzte sich auf eine Kiste, die voll Lederstücke und altem Eisen war. Ihr lag noch ein solcher Schrecken in den Gliedern, daß sie nicht bei voller Besinnung war, die Hände zerrten an der Schürze, und die Lippen regten sich zu einem unverständlichen Gemurmel.

Der Kutscher saß da und sah sie an, bis der Schrecken, der auf ihr lastete, sich auch ihm mitteilte. Seine alten matten Hände und seine zahnlosen Kinnladen begannen zu zittern.

»Ist dir der Altvater begegnet?« fragte er flüsternd.

Altvater, das war das Heinzelmännchen. Man kannte ihn dort auf dem Hof unter keinem anderen Namen.

»Nein«, sagte die Haushälterin, »und vor dem Altvater würde ich mich wohl auch nicht fürchten. Er will uns nur wohl.«

»Dessen sollst du nicht so sicher sein«, sagte der Kutscher. »Er ist ein gar gestrenger Herr, und in letzter Zeit haben sich wohl allerhand Dinge auf dem Hofe zugetragen, mit denen er nicht einverstanden war.«

»Wenn er so streng wäre, wie du glaubst, würde er den Rittmeister wohl nicht so hausen lassen, wie er es tut.«

Der Kutscher suchte sie zu beschwichtigen: »Du darfst doch nicht vergessen, daß du vom Herrn sprichst.«

»Ich kann darum doch nicht die Augen davor verschließen, daß er sich selbst und den Hof zugrunde richtet«, klagte sie.

»Der Herr Rittmeister ist nun einmal der Herr im Hause. Wir sind nur seine armen Diener«, wiederholte der Kutscher mit wichtiger

Stimme. Aber plötzlich schlug die Stimme um, und er fragte in äußerster Angst: »Hat er nun wieder eine neue Tollheit ausgeheckt?«

»Ich habe den ganzen Abend an der Speisesaaltür gestanden und gehört, wie er all sein Geld verspielt hat«, sagte die Haushälterin und wiegte sich mit dem Oberkörper hin und her, wie sie da saß. »Als das Geld zu Ende ging, verspielte er Pferde und Kühe. Als es mit den Tieren zu Ende ging, begann er um den Hof zu spielen. Er setzt Kate um Kate, Wald um Wald, Weide um Weide, Acker um Acker und verliert alles miteinander.«

Der Kutscher hatte sich, als er dies hörte, halb von seinem Platz erhoben, so, als wollte er forteilen und all dies Unheil verhindern. Aber dann setzte er sich in einem Gefühl der Ohnmacht wieder hin. »Der Rittmeister ist der Herr«, sagte er. »Er kann mit dem, was sein ist, tun, was er will. Aber ich verstehe nicht, daß der Altvater sich nicht ins Spiel mischt.«

»Er hält sich ja immer hier im Stalle auf, er weiß wohl nicht, was sich drinnen bei uns zuträgt«, sagte die Haushälterin.

Lange blieb es auf dem Dachboden still. Endlich sagte der Kutscher: »Wer ist's denn, der heute nacht mit ihm spielt?«

»Es ist der Hauptmann Duwe, er, der gewinnt, wie er nur die Würfel anrührt.

»Der Kerl ist ebenso arm an Geld und Gut wie an Herz und Gemüt«, sagte der Kutscher nachdenklich. »Von ihm hat der Herr Rittmeister keine Barmherzigkeit zu erwarten.«

»Bald gehört ihm ganz Töreby«, sagte die Haushälterin.

Der Kutscher griff zur Bibel, wandte sich seitwärts, um ins rechte Licht zu kommen, und begann zu lesen.

»Ich glaubte, ich müßte den Verstand verlieren, wie ich so dastand und ihnen zuhörte«, sagte die Haushälterin, »so unheimlich war es. Anfangs waren sie lustig, und unser gnädiger Herr lachte über alles, was er verspielte. Aber jetzt sind sie ganz still, nur wenn unser Rittmeister einen neuen Acker verloren hat, dann flucht er, und der andere lacht.«

Der alte Kutscher murmelte in sich hinein und las, aber er sprach keine Bibelworte aus. Über seine zitternden Lippen kam nichts anderes als dies: »Kate um Kate, Wald um Wald, Weide um Weide, Acker um Acker.«

»Was hilft es, daß du liesest?«, sagte die Haushälterin. »Wenn du ein ganzer Kerl wärest, so gingest du hinein und brächtest ihn im guten oder bösen dazu, aufzuhören, bevor er noch den ganzen Hof verspielt hat.«

»Ich habe lang genug in diesem Hause gedient, damit ich weiß, wie leicht es ist, einen Silfverbrandt dazu zu bringen, mit etwas aufzuhören, wenn er einmal im Zuge ist. Geradeso gut könnte ich versuchen, die Toten aufzuwecken.«

»Ja, dies müßte auch genug sein, um seine Eltern aus dem Grabe zu wecken«, sagte die Haushälterin.

Der Kutscher schlug das Buch zu. »Das ist das schlimmste an der ganzen Sache, daß er nicht einsieht, daß es nicht angeht, auf diesem Hofe ein solches Leben zu führen. Ich weiß noch, wie oft ich zu seinem seligen Vater sagte: ›Gebt Töreby nicht Herrn Henrik‹, sagte ich, ›er kann nie ein Herr nach Altvaters Sinn werden. Gebt es seinem Bruder, der ist gesetzt und ernst, und laßt Herrn Henrik einen Hof, der keine solche Verantwortung auferlegt.‹«

»Ja, jetzt fällt Töreby weder an Herrn Henrik noch an Herrn August. Jetzt kommt es an diesen Hauptmann Duwe, bis er es wieder an einen anderen verspielt.«

Der Kutscher erhob sich entschlossen. Er knöpfte seine Jacke zu und nahm den Kienspan aus dem Halter. Man sah deutlich, daß es seine Absicht war, zu gehen und zu versuchen, mit seinem Herrn zu sprechen.

Aber als er den Kienspan hob, hielt er ihn so, daß ein Lichtschein auf die viereckige Öffnung im Boden fiel, durch die er in den Stall hinunter zu klettern pflegte. Und nun sahen beide, der Kutscher wie die Haushälterin, daß auf der Leiter, die durch das Loch hervorragte, ein Heinzelmännchen stand. Es stand auf der obersten Staffel, klein und grau war es und trug Kniehosen und eine graue Jacke mit Silberknöpfen. Es lauschte mit solcher Bestürzung und Verblüffung, daß es aussah, als sei es völlig versteinert.

Kutscher und Haushälterin wandten sofort den Blick ab. Keines von ihnen verriet auch nur durch eine Miene, daß sie das Heinzelmännchen gesehen hatten.

»Ja, nun glaub' ich, ist's das beste, wenn wir alten Leute gehen und uns niederlegen«, sagte der Kutscher in einem Ton, den er unbefangen zu machen suchte. »Du weißt, in diesem Hofe braucht man nachts nicht aufzubleiben, auch wenn ein Unglück zu erwarten wäre. Hier ist jemand, der wacht.«

»Ja, du hast recht. Hier ist einer, der wacht«, sagte die Haushälterin unterwürfig. Ohne ein weiteres Wort nahm sie die Laterne vom Boden aus, kroch durch die Luke hinaus und verschwand über die Bodentreppe.

Als die alte Frau ins Haus zurückkam, war es ihre bestimmte Absicht, sich ungesäumt zur Ruhe zu legen. Denn einerseits wußte sie, daß unnötiges Nachtwachen dasjenige war, was das Heinzelmännchen am wenigsten leiden mochte, andrerseits glaubte sie, daß es die Sache ohnehin in Ordnung bringen würde, nun es wußte, was auf dem Spiele stand. Aber sie hatte noch kaum mehr von sich gelegt als den schweren Schlüsselbund, da überkam sie eine so starke Lust zu erfahren, wie es nun zwischen den Spielenden stand, daß sie sich wieder zur Speisesaaltüre schlich.

Als sie sich bückte und das Auge an das Schlüsselloch legte, sah sie, daß Rittmeister Silfverbrandt und Hauptmann Duwe noch am Spieltisch saßen. Der Rittmeister sah furchtbar müde und matt aus. Der Haushälterin wollte es scheinen, als hätte er sich in der kurzen Spanne Zeit, die sie fortgewesen war, völlig verändert. Er war nunmehr weder schön, noch jung, noch stattlich, sondern gebleicht und verstört, mit Säcken unter den Augen, Runzeln auf der Stirn und tastenden Händen. Duwe war rot im Gesicht, und die Augen standen ihm blutunterlaufen aus dem Kopfe, aber er verbarg alle Erregung unter frohgelauntem Plaudern und unaufhörlichem Lachen.

Die Haushälterin hatte noch keine zwei Minuten an der Speisesaaltüre gelauscht, als Silfverbrandt den Stuhl zurückschob und rief: »Jetzt ist es aus, Duwe. Jetzt habe ich vom ganzen Hof nur mehr die Tanneninsel dort draußen im See übrig. Die mußt du mir lassen, damit es doch noch etwas auf Erden gibt, was ich mein nennen kann.«

Duwe lachte, aber er sah nicht zufrieden drein. »Ewig schade, das Spiel abzubrechen«, sagte er. »Wenn du all das andere gewagt hast, kannst du uns wohl auch um diesen Steinhaufen würfeln lassen.«

Silfverbrandt ging im Zimmer auf und ab. Man sah es ihm wohl an, daß er noch vom Spielteufel besessen war. Er trauerte nicht so sehr, daß er alles verloren hatte, wie daß er nicht weiter spielen konnte.

»Was setzest du gegen die Insel?« fragte er. Duwe bedachte sich einen Augenblick. Die Haushälterin begriff, daß er einen Einsatz ausfindig

zu machen suchte, der Silfverbrandt sicher bewegen konnte, weiterzu-
spielen.

»Ich setze dein Reitpferd«, sagte Duwe.

Silfverbrandt liebte sein Reitpferd über alles auf Erden. Er begann
ganz schrecklich zu fluchen. Er fragte Duwe, ob er denn der leibhaftige
Böse wäre, da er ihn solchermaßen versuchte.

Die Haushälterin merkte, daß der Rittmeister jedesmal, wenn er auf
seiner Wanderung zu einer dunklen Ecke des Zimmers kam, wo Duwe
ihn nicht sehen konnte, vor Zorn die Hände ballte.

»Das ärgste ist, daß ich weiß, daß ich dich erschlagen werde, wenn
ich dich auf meinem Pferd reiten und auf meinem Hof befehlen sehen
werde«, sagte er zu Duwe.

»Kannst du es einem armen Kerl nicht gönnen, wenn er es auf seine
alten Tage ein bißchen sorgenfrei hat?« sagte Duwe und lachte. »Du
bist ja jung und stark, du findest schon bald anderswo Pferd und Hof.«

Die ganze Zeit, die die Haushälterin da stand, hatte sie sich gewundert, was wohl mit der Türe los sein mochte, die vom Saale in den Flur
führte. Einmal ums andere öffnete sie sich ein wenig und schloß sich
wieder. Aber jedesmal wenn Silfverbrandt an dieser Tür vorbeiging,
war es, als ob eine kleine Hand sich durch den Spalt hineinsteckte und
ihm zuwinkte.

Silfverbrandt ging mehrere Male an der Türe vorbei, ohne etwas zu
merken, aber plötzlich blieb er stehen und starrte sie an.

»Na, kommst du jetzt?« fragte Duwe.

»Ich bin im Augenblick wieder da«, sagte Silfverbrandt und ging in
den Flur hinaus.

Die Haushälterin glitt stumm wie ein Schatten von der Speisesaaltüre
fort. Eine Sekunde darauf stand sie in der Vorratskammer, das Gesicht
an ein Fensterchen gedrückt, das auf den Flur ging.

Da stand Silfverbrandt über das Heinzelmännchen gebeugt. Altvater
hielt eine kleine Laterne in der Hand, und von dort verbreitete sich ein
wenig Licht in den dunklen Raum.

»Was gibst du mir, wenn ich es so einrichte, daß du den Hof zurückgewinnst?« fragte der Hausgeist.

»Ich gebe dir, was du willst«, sagte Silfverbrandt.

Das Heinzelmännchen fuhr mit der Hand in die Tasche und zog ein
paar Würfel heraus. »Wenn ich dir diese Würfel leihe und du heute

nacht mit ihnen spielst, so glaube ich wohl, daß du den Hof zurückgewinnst«, sagte es zu Silfverbrandt.

Silfverbrandt streckte die Hand aus. »Gib her! Gib her!«, sagte er.

»Du bekommst sie nur unter der Bedingung, daß du morgen mit mir um einen Einsatz spielst, den ich selbst bestimme«, sagte das Heinzelmännchen.

Just in diesem Augenblick schrie die arme Eule laut und schaurig. Silfverbrandt sah auf und lauschte.

Die alte Haushälterin merkte, wie die Augen des Heinzelmännchens böse und gehässig zu funkeln begannen. Sie wollte schon die Scheibe einschlagen und ihrem Herrn zurufen, auf seiner Hut zu sein und kein Bündnis mit ihm einzugehen. Aber im selben Augenblick sah der Hausgeist mit einem furchtbaren Blick zu ihr auf. Sie blieb mäuschenstill und wagte keinen Finger zu rühren.

Aber auch Silfverbrandt schien etwas Schreckliches an dem Heinzelmännchen gesehen zu haben. Er zog die Hand zurück und schien im Begriffe, sich in den Saal zu begeben.

Dann blieb er stehen. »Ich weiß nicht, warum ich dir etwas Böses zutrauen soll, Altvater, du hast ja immer getreulich für dieses Haus gesorgt«, sagte er. »Du willst gewiß nur mein Bestes. So gib mir die Würfel her! Morgen mag es gehen, wie es will, wenn ich nur heute nacht Duwe ebenso arm machen kann, als er war, da er ehegestern in diesen Hausflur trat.«

Im Augenblick darauf war Silfverbrandt wieder im Saale.

»Jetzt bleibe ich aber nicht länger hier sitzen und höre mir das Eulengeschrei und den Sturm an, ohne zu spielen«, brach Duwe los. »Ich gehe jetzt zu Bette.«

»Willst du mir nicht noch zuerst diese Tanneninsel abgewinnen?«, fragte Silfverbrandt, indem er sich am Spieltisch niederließ.

Er nahm den kleinen Becher, in dem die Würfel lagen, und schüttelte sie. Dann spielten er und Duwe mehrere Stunden lang, aber Silfverbrandt gewann jedesmal. Unterdessen hörte das Unwetter auf, die Eule fand den Weg in ihr Nest, die alte Haushälterin mußte vor Müdigkeit ihr Lager aufsuchen, aber Silfverbrandt ging nicht zur Ruhe, ehe er nicht Acker um Acker, Weide um Weide, Wald um Wald, Kate um Kate zurückgewonnen hatte, so daß ganz Töreby wieder sein war.

Ein prächtiger Morgen folgte der Unwetternacht: hoher, blauer Himmel, frische Luft und ein spiegelnder klarer See.

Die alte Haushälterin wurde zu ihrem Herrn hineingerufen, während dieser noch zu Bette lag.

Als sie die Schlafkammertüre öffnete, dünkte es ihr, daß etwas Kleines und Graues an ihr vorbei huschte. Sie sah gerade nur so viel, daß sie zusammenzuckte. Dann war es verschwunden.

Rittmeister Silfverbrandt lag sehr bleich drüben im Bette. »Hat Sie ihn gesehen?« fragte er.

»Nein«, sagte die Haushälterin aus alter Gewohnheit. Man glaubte, daß es dem Heinzelmännchen nicht recht war, wenn man sagte, daß man es gesehen hatte.

»Es war der Altvater«, sagte der Rittmeister. »Er ging gerade, als Sie hereinkam. Er war hier drinnen und hat mit mir gewürfelt.«

Die Haushälterin stand da und starrte ihren Herrn an. »Altvater ist mit mir nicht recht zufrieden«, sagte der Rittmeister. »Er will lieber, daß mein Bruder den Hof bekommt. Und Sie wünscht es sich vielleicht auch.«

Der Rittmeister sah ganz sonderbar aus. Die alte Frau wußte nicht, was sie antworten sollte.

»Ja, den alten Duwe habe ich ja doch vom Hof weggebracht«, fuhr Silfverbrandt fort. »Ich wollte Altvater die Hilfe lohnen, indem ich es hier auf dem Hofe so werden ließ, wie er es haben will, aber er hat kein rechtes Vertrauen zu mir. Er setzt so wunderliche Dinge im Spiel ein, dieser Kobold. Er ist ärger als Duwe.«

Die Haushälterin begann zu zittern und zu murmeln wie in der Nacht: »Der Herr bewahre uns!«

»Na, stehe Sie nicht so da, Menschenskind, und mache Sie kein so bekümmertes Gesicht«, sagte Silfverbrandt, »spute Sie sich lieber und putze Sie mir meine Uniform! Poliere Sie das Bandelier, scheure Sie die Knöpfe und putze Sie die Flecken aus! Das Reitpferd soll auch mit dem besten Zaumzeug gesattelt werden. Die Mähne muß gestrählt sein, die Steigbügel müssen blinken, und die Lederriemen glänzen!«

Die Haushälterin sah ihren Herrn erstaunt an. Sie ging und kam sogleich mit der Uniform wieder. In einem solchen Hofe wie Töreby gab es nichts, das nicht geputzt und gestriegelt, poliert und wohlgepflegt gewesen wäre.

So stand denn Rittmeister Silfverbrandt auf, legte die blaue Uniform an, rückte den dreikantigen Hut auf dem Kopf zurecht, schnallte den Säbel an die Seite und zog die langen steifen Stulphandschuhe an. Er trat auf die Schwelle und sprang auf sein Pferd, das gesattelt draußen wartete.

Zweimal ritt er rings um den Hof, dann schwenkte er zum See hinab, wo die lange Waschbrücke, die gerade vom Ufer wegragt, schon dazumal stand. Er sah so prächtig und stolz aus, wie er da ritt, daß alles Hausgesinde herauskam, um ihn anzusehen. Und der Kutscher und die Haushälterin sahen alle beide, wie das Heinzelmännchen sich zur Stalluke hinausbog und dem Gutsherrn nachsah.

Als der Rittmeister zum Seeufer hinabkam, ritt er auf die Brücke hinaus. Er saß hoch und stolz im Sattel wie ein Held, und das Pferd ging mit kurzen, tanzenden Schritten. Als die Brücke zu Ende geritten war, entstand ein kurzer Kampf zwischen Reiter und Pferd. Das Pferd wollte wenden, aber Rittmeister Silfverbrandt zwang es mit Reitpeitsche und Sporen weiter zu gehen. Und mit einem hohen Sprung stürzte sich das Pferd in das Wasser.

Alle, die auf dem Hofe gestanden hatten, fingen nun an, zum See hinab zu laufen. Aber als sie hinkamen, waren Reiter und Pferd verschwunden. Sie waren sogleich untergegangen, ohne wieder auf den Wasserspiegel hinaufzukommen.

Die jungen Burschen sprangen in die Boote und ruderten auf den See hinaus. Alle sprachen durcheinander und suchten Rat und Hilfe zu bringen, aber die alte Haushälterin blieb still. »Es nützt nichts«, sagte sie. »Das ist der Hausgeist. Er hat sein Leben an den Hausgeist verspielt, für die Hilfe, die er ihm heute nacht gebracht hat.«

Als die Menschen, bestürzt und entsetzt, zum Hofe zurückkehrten, stand das Heinzelmännchen von Töreby, allen sichtbar, in der Stalluke und winkte siegesstolz mit seiner roten Mütze.

Denn nun wußte es, daß Ordnung und Stille und ein ernstes Leben wieder auf Töreby einziehen würde.

Die Rache bleibt nicht aus

Es war ein langes und recht breites Tal. An seiner einen Seite erhob sich eine Reihe zackiger Küstenberge, an der anderen ein gleichmäßig hoher First, den dichter Wald deckte. Unten im Tale stand eine Kirche und ringsum war eine weite offene Gegend, in der aller Wald ausgerodet war.

An einem Sonntagabend war es, und der Sonnenuntergang lag brennend hinter den Küstenbergen. Leute, die den ganzen Tag drinnen in den Hütten geschlafen hatten, traten vor die Schwelle, streckten sich und spitzten die Ohren, um zu erlauschen, ob von irgend einer der vier Ecken der Welt Tanzmusik erschalle. Wem es glückte, einen einzigen Geigenton aufzufangen, der machte sich davon über die schmalen, schneeigen Dorfwege, und kam dann wie von ungefähr dahergegangen, langsam und bedächtig, aber die »Tanzhütte« als sicheres Ziel im Sinn.

So kam Gruppe auf Gruppe durch die Türe Arilds, des Köhlers am Waldessaum, hereingeglitten. Da fragte niemand darnach, wer kam; der neue Gast stand ein Weilchen unten an der Türe, gewöhnte die Augen an den Rauch, der sich unter dem Rauchfange hervorwälzte und in das Zimmer qualmte, bis er den Weg zu dem Loch im Dache fand; und dann mischte sich der neue Ankömmling auch ins Spiel. Der Reihentanz ging über den Erdboden, das Stroh war weggetreten, die Ferkel hatte man von der Grube unter das Dachloch geschafft, wo sie sich am liebsten aufhielten; großer Schwingraum war nicht, aber Arild selbst spielte die Geige, und der Tanz verlief drinnen im Winterquartier ebenso gut, als er an einem Sommerabend über den Waldeshang gegangen wäre.

Arild hatte eine Frau, die Tora hieß; sie pflegte sich immer in eine dunkle Ecke zu verkriechen, wenn er zum Tanze lud. Sie war leutescheu und schreckhaft, war fast immer als Hirtin im Walde umhergezogen und stand im Rufe mehr sehen zu können, als andere.

An diesem Abend war sie ungewöhnlich vergnügt, sie versteckte sich nicht, sondern saß vorne beim Kamin, wo die Flamme dicht neben ihr brannte. Es war wenig Farbe in ihrem breiten, fetten Gesicht, die Augen, die hell wie Wasser waren, blickten lebendig, und sie bewegte die großen Hände, während sie sprach. Wenn die Leute sie bemerkten, traten sie aus den Reihen der Tanzenden und kamen heran, um sie zu begrüßen.

Wessen Hand sie dann ergriffen hatte, den hielt sie fest, bis sie das erzählt hatte, was ihr diesen Morgen geschehen war. Es bereitete ihr Verlegenheit, es herauszubringen, aber gleichzeitig war sie doch so stolz darauf, daß sie es nicht verschweigen konnte.

Den Leuten fiel es sonst schwer, das Lachen zu verbeißen, wenn sie erzählte, was sie gesehen und geträumt hatte. Nun sollte man sich aber überzeugen, daß ihre prophetische Gabe etwas wert war.

Als sie im Morgengrauen dalag, hatte sie geträumt, daß ihre drei Ziegen droben im dichten Wald in die Irre gingen. Sie hatte sie so jämmerlich meckern gehört, daß sie erwachte. Als sie nun nachsah, erblickte sie sofort alle Ziegen in ihrer Hürde unten an der Türe, und sie hatte ja zuerst gedacht, dies sei nur ein gewöhnlicher Traum. Aber dann kam eine Unruhe über sie: »Nein, nein, das ist ein bedeutungsvoller Traum«, hatte sie zu sich selbst gesagt.

Damit war sie aufgestanden, hatte sich in Fellkleider gehüllt, das Nebelhorn über die Schulter geworfen und war in den Wald hinaus gewandert. Sie war vom Wege abgewichen, nach der Anweisung des Geistes gegangen und nahe daran gewesen, sich im Dickicht zu verstricken. Sie lachte leise, als sie das erzählte. Wußten sie, was das war, im dichten Walde vom Wege abzukommen? Grundloser Boden, der bei keiner Kälte zufror, Gestrüpp, das jeden leeren Raum zwischen den Stämmen ausfüllte, Schneehaufen und Wurzeln und stechende Dornen und umgestürzte Bäume, so war es oben im Wald.

»Aber dort oben fand ich drei wilde Böcke«, sagte sie. »Kommt und seht, was ich dort fand.« Sie führte ihren Gast die Reihen der Tanzenden entlang hin zu dem Bette, das mauerfest war und durch Türen geschützt. Sie öffnete die Türe, leuchtete mit einem Kienspan, und da sah man drinnen drei Männer liegen. Sie waren alle in zerrissenen Fetzen, abgemagert waren sie, so daß die Backenknochen schwarze Schatten auf die Wangen warfen, aber ihre Züge waren kühn und schön. Sie schliefen so, daß weder der Tanz, noch Toras Vorzeigen sie wecken konnte.

»Das sind meine drei wilden Böcke, die ich im Dickicht fand«, sagte sie. »Es sind drei arme Gesellen, die sich im tiefen Walde verirrt haben und dort acht Tage umhergewandert sind. Wäre ich nicht gekommen, würden sie jetzt tot sein. Den ganzen Tag habe ich Essen für sie gekocht, und jetzt schlafen sie. Seht, wie sie schlafen.«

»Es ist Gottes Gnade, die Dich sie retten ließ, Tora«, sagten ihre Gäste.

»Gott wollte, daß ich nicht allezeit zum Gespött sein sollte«, sagte das Weib.

So verstrich der Abend. Aber als die Schlafenszeit herankam, da ward die Freude unterbrochen. Die Türe wurde mit Macht ausgestoßen, und ein langer, großer Mann kam herein. Er durchbrach den Ring der Tanzenden, stellte sich mitten in den Raum und erhob seine Hand.

Das war der Pfarrer, Herr Ane, und er kam, um den Tanz in der Sonntagsnacht zu verbieten. Er hatte an diesem Tage in der Kirche gestanden und leeren Wänden gepredigt. Er hatte geglaubt, Krieg und Pest müßten alle Menschen dahingerafft haben, aber nein, hier waren sie, hier in der Spielhütte waren sie zu finden. Und der Pfarrer verkündigte Buße und Kirchenstrafe über sie alle.

Nun, da er sie gefunden, sollten sie seine Predigt hören. Und er sprach und zertrümmerte ihre Freude und schreckte sie mit dem furchtbaren, künftigen Leben, so daß sie vermeinten, niemals mehr den Fuß zum Tanze heben zu können.

»Tanzet nun, wenn es Euch gelüstet«, sagte der Pfarrer, »tanzet nun, Ihr wisset jetzt, wohin Ihr tanzet.«

Einige schlichen sich stumm von dannen, andere standen verlegen da und suchten sich tapfer zu halten, aber begannen bald leise zu schluchzen. Ein Dirnlein, das eben noch am wildesten getanzt hatte, fiel auf die Knie und küßte die Hand des Pfarrers.

Keiner wagte ihm zu Widerreden, außer Tora. Sie, die sonst immer bange war, kam breit und ihrer Sache sicher heran. »Pfarrer«, sagte sie, »hier haben wir jeden Sonntagabend getanzt, all diese Jahre, und doch ist dies ein Haus Gottes. Du sollst hören, wie Gott heute seinen Segen über mich ergossen hat.«

»Trollweib«, sagte der Pfarrer, »willst Du schweigen! Was an Segen zu Dir kommt, das ist des Teufels Segen. Heute Abend rede ich zu Menschen, die sich bekehren und bessern können, mit Dir rechne ich ein andermal ab.«

Damit ging der Pfarrer, und in der Hütte herrschte große Betrübnis. Arild versuchte ein paar Striche auf der Geige, aber legte sie gleich wieder fort. Die meisten von denen, die getanzt hatten, gingen heim.

Tora saß wieder am Herde, sie warf neue Scheite in die Glut und schien ebenso froh, als zuvor. Einige, die sahen, daß sie den Mut nicht verloren hatte, gingen auf sie zu und begannen, übel vom Pfarrer zu sprechen.

»Luthers Lehre hat Herrn Ane wild und toll gemacht«, sagte ein Lauer. »Früher, als er noch dem Papste zugehörte, durfte man selbst im Pfarrhof tanzen.«

»Er ist nicht so gut, wie er sich stellt, Du, Tora«, sagte ein anderer.

»Tut er mir etwas, dann werde ich schon erzählen, wie er zu seinem Gelde gekommen ist«, sagte Tora.

Und da nun viele sie fragten, was sie meinte, erzählte sie: »Der Pfarrer, Herr Ane, war einmal sehr arm, aber er hatte einen Bruder, der ein Großbauer war und sehr reich.

Der Bauer starb und Herr Ane zog in seinen Hof, der näher zur Kirche lag, als sein eigener. Und sobald er in den Hof gekommen war, fing er an, nach dem Gelde des Bruders zu suchen, aber konnte es nicht finden. Er grub in der Erde und riß die Kellermauer und die Küchenwand ein, um das Geld zu finden, aber es wollte sich ihm nicht zeigen.

Das Geld kam nicht zu Herrn Ane, obgleich er in langen Gebeten zu Gott darum flehte. Und Herr Ane ward krank und verzweifelt vom Suchen und Nichtfinden.

Und in der ganzen Umgegend lachte man Herrn Ane aus, weil er seinen Kummer nicht verhehlte. »Hast Du meines Bruders Geld gesehen?« konnte er den ärmsten Bettler fragen.

Da kam meine Mutter, die nichts mehr war, als ein armes Bettelweib, das von Hof zu Hof zog, eines Abends in das Pfarrhaus und bat Herrn Ane um Herberge für die Nacht.

»Du sollst keine Herberge haben, wenn Du mir nicht sagen kannst, wo mein Bruder sein Geld verwahrt hat«, sagte Herr Ane zu ihr.

»Wenn ich das wüßte, Herr Ane«, sagte Mutter, »dann brauchte ich wohl nicht auf der Landstraße umherzuziehen und mein Brot zu erbetteln.«

Und sie bat ihn um Gottes Barmherzigkeit willen, er möge ihr Obdach gewähren, denn es war nicht gut für sie, in ihrem hohen Alter draußen unter freiem Himmel zu liegen.

Aber Herr Ane erwiderte, bei dem, was er gesagt, sollte es sein Bewenden haben, und sie konnte kein Obdach bekommen, wenn sie ihm nicht das Geld verschaffte.

»Aber wenn mir das gelingt, kann ich Obdach im Pfarrhof haben, bis zu meiner Todesstunde?« sagte Mutter. – »Das sollst Du«, sagte Herr Ane.

Da bat Mutter, der sehr bange wurde vor dem, was sie auf sich genommen, Herr Ane möge ihr große Linnenlaken geben, und die hüllte sie um sich, als wäre sie eine Leiche. Dann ging sie auf den Kirchhof und nahm Graberde und streute sie über sich, und dann ließ sie sich von Herrn Ane die Kirchentür öffnen, und er folgte ihr in die Kirche und half ihr auf einen Dachbalken.

Und da lag nun Mutter auf dem Balken unter dem Dache. Aber sie ging durch alles mit fröhlichem Mute, in der Hoffnung, sich dadurch ein geschütztes Alter zu erringen.

Nun, es mochte gegen Mitternacht sein. Da wurde es hell in der Kirche und ein paar Steine im Boden erhoben sich, und einer der Toten kam hinauf in die Kirche. Es war ein großer, derber Mann, er ging mehrere Male um die Kirche herum, da erblickte er meine Mutter. »Bist Du tot?« sagte er zu ihr. Und sie wagte nicht zu antworten. Da hatte es den Anschein, als wollte er zu ihr hinaufklettern. Und Mutter sagte mit heiserer Stimme: »Ja, ich bin tot.« Und da ließ er sie sein.

Aber dieser Tote war des Pfarrers Bruder, und er ging nun wieder zu seinem Grabe. Er holte daraus eine Tonne hervor, die voll Silber und Gold war, und Mutter sagte, daß sie sah, wie er die Gold- und Silbermünzen nahm und mit ihnen spielte, er warf sie über sich, als säße er im Bade und bespritzte sich mit Wasser.

Aber als er sich müde gespielt hatte, schüttete er das Geld ins Grab hinab und stieg in seinen Sarg und die Steine legten sich von selbst auf ihren Platz zurecht.

Mutter blieb bis zum Morgen auf ihrem Balken hängen, und dann kam der Pfarrer, Herr Ane, und fragte, ob sie noch am Leben sei. Jawohl, Mutter war frisch und gesund. »Dann komm und iß einen Bissen«, sagte der Pfarrer. »Nein, zuerst will ich mir ein Obdach verdienen, für meine alten Tage«, sagte Mutter.

Sie bat den Pfarrer, Leute zu schicken, und dann ließ sie den Boden über seines Bruders Grab aufbrechen und den Sarg herausheben. Und als sie dies taten, war nichts Wunderliches zu merken; aber als Mutter sagte: »Seht nun nach, was noch in dem Grabe liegt«, da begann der Tote sich in seinem Sarge hin- und herzuwälzen. Aber Mutter bedeutete den Burschen nur, sich mit der Arbeit zu sputen.

Mutter hielt ihre Hand auf dem Sargdeckel, denn sie hörte, wie der Tote dort drinnen arbeitete. So holten sie aus dem Grabe eine große Tonne voll Gold- und Silbergeld. Und Mutter war froh, als sie den

Toten wieder unten im Grabe hatten und der Kirchenboden über ihm geschlossen war.

»Gieb mir zu essen«, sagte meine Mutter dann zum Pfarrer, »ich habe jetzt ein tüchtiges Stück Arbeit für Dich getan.«

Und der Pfarrer gab ihr zu essen und behielt sie bei sich sieben Tage, dann hieß er sie wieder gehen.

Als Mutter so von neuem auf die Straße geworfen war, verfluchte sie ihn und sagte: »Das Geld, das ich Dir errungen habe, soll Dein Unglück werden.«

Und Mutter erzählte, daß der Pfarrer ihr sagte, er fürchte sich vor nichts, was ein Bettelweib ihm anhaben könne.

»Die Rache bleibt nicht aus«, sagte Mutter. Das war Mutters Sprichwort, daß die Rache nicht ausbleibe.

Aber ihre Rache an dem Pfarrer blieb aus, fuhr Tora fort, und nun heißt er ihre Tochter ein Trollweib.

»Er würde die große Kiste neben seinem Bett nicht so vollgepfropft mit Geld haben, wenn meine Mutter nicht gewesen wäre«, fuhr Tora fort und richtete sich auf. »Er würde nicht dasitzen können und Geld über sich werfen und wälzen, wie er es zu tun pflegt, er geradeso wie der Tote, wenn meine Mutter ihm nicht geholfen hätte.«

Wie Tora dies sagte, hörte man ein sachtes Scharren. Es war nicht ganz nahe, aber auch nicht weit weg. Niemand wußte, was es sein konnte. Es war, als versuchte jemand, ein Loch in die Hauswand zu feilen.

»Wer schleift Messer in meinem Haus?« rief Tora plötzlich.

Nun wurde es ganz stille. Aber als das Gespräch wieder in Fluß gekommen war, begann es aufs neue zu knirschen und zu scharren.

Tora nahm einen Kienspan, ging zum Bette hin und sah hinein. Da lagen die drei Wanderer ausgestreckt und schliefen, so wie sie den ganzen Abend geschlafen hatten.

Nun war es wieder eine Weile stille, dann begann das Unwesen abermals. Jeder hörte deutlich, wie Messer gegen Stein und Leder gerieben und geschliffen wurden. »Gott helfe uns, das ist ein Omen«, sagte Tora. »Möge uns nichts Böses widerfahren, weil wir Übles vom Pfarrer gesprochen haben!«

Aber am nächsten Morgen lag der Pfarrer, Herr Ane, ermordet in seinem Bett, und sein großer Geldschrein war verschwunden. Und es wurde allsogleich bekannt, daß die drei wandernden Gesellen, die bei

Arild dem Köhler gelegen und ihre Müdigkeit ausgeschlafen hatten, die Urheber des Mordes waren.

Sie hatten Tora vom Gelde des Pfarrers erzählen hören, während sie dalagen und taten, als schliefen sie. Und sie hatten sofort den Mord geplant und sich daran gemacht, ihre Messer zu schleifen.

Und seit diesem Tage gingen die Worte des alten Bettelweibes wie ein Wahrspruch durch die Umgegend. »Die Rache bleibt nicht aus«, sagt man. »Gott kann mit einer Sage fällen. Gott kann mit einem Traume schlagen. Die Rache bleibt nicht aus.«

Die Geisterhand

Gerade als es ein Uhr schlug, kam jemand und klingelte an der Glocke des Doktors. Das erste Läuten hatte kein Resultat, aber als das zweite und dritte verriet, daß es unerschütterlicher Ernst war, kam Doktors Karin durch die Küchentür, um zu sehen, was es gab. Und als Karin eine Weile unterhandelt hatte, mußte sie sich dareinfinden, den Doktor zu wecken. Sie klopfte an die Schlafzimmertür.

»Es ist jemand da von der Braut vom Herrn Doktor. Der Herr Doktor muß hin.«

»Ist sie krank?« ertönte es von drinnen.

»Sie wissen nicht, was ihr fehlt. Sie glauben, daß sie etwas ›gesehen‹ hat.«

»Ja, ich lasse sie grüßen und sagen, daß ich komme.«

Der Doktor fragte nicht weiter. Liebte es nicht, das Mägdegeschwätz über seine Braut zu hören.

Eine wunderliche Sache mit diesem Aberglauben, dachte er, während er sich ankleidete. Da liegt doch das Haus mitten in der Stadt, nicht das geringste Romantische daran. Ein ganz gewöhnliches, häßliches, altes Haus, wie alle anderen in dem Viertel eingerichtet. Aber der Geisterspuk nistet sich dort fest.

Läge es nur in einem finstern Gäßchen oder ein wenig außerhalb der Stadt in irgend einem verwilderten Garten, wo unheimliche alte Bäume die Fensterscheiben peitschten, in solch einer stürmischen Winternacht! Aber mit der Kirche und der Sparkasse und der Kaserne und der Zuckerfabrik ganz in der Nähe! Sollte man nicht glauben, daß die Zuckerfabrik mit all ihrem Rasseln und Rochen und den großen glühenden Dampfkesseln es dem Gespenst unbehaglich machen mußte. Aber nein – durchaus nicht.

Auf seine Weise konnte das Gespenst Bewunderung verdienen. Es lag Energie in ihm, unglaubliche Energie und die Fähigkeit, sich im Bewußtsein der Leute zu erhalten. Man gab wohl zu, daß es sich jetzt etwa zwanzig Jahre nicht hatte sehen lassen, seit die Fräuleins Burmann in die Geisterzimmer gezogen waren. Aber hatte jemand es vergessen? Das zeigte sich ja jetzt: bloß weil Ellen ganz plötzlich krank geworden war, mußte es gleich heißen, sie hätte etwas gesehen.

Daß sie vor etwas erschrocken war, ja, das war wohl nicht unmöglich. Sie war wie prädestiniert, Gespenster zu sehen, dadurch, daß sie ihr ganzes Leben mit den zwei nervösen alten Tanten verbracht hatte. Und daß es ein Gespenst im Hause gab, hatte sie wohl immer gehört und geglaubt, von Kindheit auf war ihre Phantasie mit alledem aufgereizt.

Als er das erstemal auf Krankenbesuch bei den Tanten gewesen, hatte sie ihm gleichsam triumphierend gesagt: »Hier ist das Geisterzimmer«, in einem Ton, als zeigte sie eine Familienkostbarkeit.

»Sehen Sie, Herr Doktor, es geht nicht an, in diesem Zimmer Karten zu spielen.«

»Ach, warum nicht?«

»Ja, wenn einer der Spielenden den geringsten Fehler macht, den allerunbedeutendsten Kniff, da kommt eine Hand und legt sich neben ihn auf den Spieltisch.«

»Was für eine Hand?«

»Eine alte häßliche Hand mit schweren Diamantringen auf den krummen Fingern und mit echten Spitzen ums Handgelenk.«

»Nun, und dann?«

»Ja, man sieht nichts mehr als die Hand.«

»Aber woher kommt das?«

»Das weiß niemand, sie hat sich immer hier gezeigt.«

Sie hatte das sehr keck erzählt, aber wer konnte wissen, wer konnte wissen? Sie glaubte wohl an den Spuk.

»So kommt sie, sehen Sie, Herr Doktor, kommt die Tischkante heraufgeschlichen, dicht neben dem, der spielt, hu, und dann zeigt sie auf eine der Karten mit einem großen gekrümmten Finger! Sie hat Nägel wie Klauen, gekrümmt und spitzig.«

Nun, wirklich daran glauben konnte sie wohl doch nicht. Sie hatte ja gerade das Gespensterzimmer zu ihrem Zimmer gewählt..

Der Doktor jagte an der großen Zuckerfabrik vorbei, wo die Arbeit die ganze Nacht fortging und gelangte über die hohe Steintreppe hinein in das Haus.

Gott erbarme sich, auch er war nahe daran, zu erschrecken. Im Stiegenhaus stand eine lange Gestalt, ganz in einen schwarzen Shawl eingerollt. Tante Malin war selbst herabgekommen, um ihm die Stiegen hinaufzuleuchten.

»Wie geht es Ellen?« fragte der Doktor.

»Wie gut von Dir, so rasch zu kommen«, sagte Tante Malin. »Ich weiß nicht, was ihr ist. Du mußt kommen und selbst sehen.«

Sie sprang beinahe die Stiegen hinauf, so alt sie war. Der Doktor bekam erst jetzt den lebendigen Eindruck, daß wirklich Gefahr im Verzuge war.

Ärgerlich, wenn nun jetzt etwas dazwischen kommen sollte, mit dem kleinen Mädchen dort oben, das er sich zur Frau gewählt. Er hatte in seinem ganzen Leben keine gesehen, die ihm besser paßte. Recht schön, und keine anderen Verwandten als die zwei alten Tanten, und natürlich streng erzogen, ans Heim gewöhnt, tüchtig im Häuslichen, friedfertig.

Als sie ins Vorzimmer kamen, wendete sich Tante Malin wieder an ihn.

»Wir erwachten mitten in der Nacht dadurch, daß sie so furchtbar schrie, und wir haben sie seither nicht beruhigen können. Wir wußten uns keinen andern Rat, als um Dich zu schicken.«

Sie öffnete die Tür zu Ellens Zimmer, steckte den Kopf hinein und sagte, daß er gekommen war. Gleich darauf wurde er eingelassen.

Drinnen war es so licht, daß er im ersten Augenblick kaum etwas sehen konnte. Sie hatten wohl alles hereingestellt, was es in der Wohnung an Lampen und Leuchtern gab. In dieser Beleuchtung wurde es einem klar, daß dies einst der Festsaal gewesen war, in den Glanzzeiten des Hauses.

Also hier hatten sie an den Spieltischen gesessen, und gerade da hatte die Gespensterhand sich gezeigt. Das mußte einen Schrecken und einen Aufstand gegeben haben! Man brauchte nur seine Braut anzuschauen, um zu wissen, wie sie ausgesehen haben mochten.

Sie saß mitten im Zimmer in einem großen Lehnstuhl, hielt sich ganz aufrecht, sah sich mit wunderlich wandernden Blicken um, war bleich, als hätte sie eines toten Menschen Farbe, ihre Zähne schlugen aufeinander und sie bebte.

Der Lehnstuhl war mitten ins Zimmer gerückt. Es war einer mit freien Füßen. Kein Möbel stand in der Nähe, nichts konnte darunter verborgen liegen und plötzlich hervorkriechen.

Sie achtete nicht auf die, die hereinkamen. Sie hielt jetzt die Augen fest, ganz fest auf den Schatten des Schrankes geheftet, der sich gegen die Kachelofenecke streckte. Sie hatte den Schatten wohl im Verdacht, daß er ihr irgend einen häßlichen Streich spielen wollte. Sie zog die Röcke an sich, wie um bereit zu sein, zu fliehen, wenn der Schatten sich verdichtete und sich als etwas entpuppte, vielleicht als eine große Hand mit Fingern und Klauen. Nun, der Doktor rückte in aller Eile eine Lampe hinüber, so daß ihr Licht in die Ecke fiel. Sie sank wieder in den Stuhl.

Nun kam Tante Bertha und legte denselben Rapport ab wie Tante Malin.

»Wir erwachten dadurch, daß sie schrie, als wäre sie wahnsinnig geworden, und so ist sie dann die ganze Zeit gewesen. Sie will nur Licht haben, immer mehr Licht. Was, glaubst Du, ist das?«

»Ein Schrecken, nichts anderes als ein Schrecken«, flüsterte der Doktor.

So, nun waren ihre Blicke bemüht, sich hinter eine Gardine einzubohren. Er ging einmal ums Zimmer. Es konnte ja möglich sein, daß er entdeckte, was sie erschreckt hatte. Auf dem Schreibtisch lag ein tintiges Briefpapier. Sie hatte etwas zu schreiben begonnen, aber die Feder war ihr aus der Hand gefallen und übers Papier gerollt. Ein Billet, das er ihr spät abends geschickt, um zu wissen, ob sie und die Tanten am nächsten Tag einen Ausflug mit ihm machen wollten, lag dicht daneben.

Es war offenbar, daß sie sich an den Schreibtisch gesetzt hatte, um ihm zu antworten. Sie hatte eben »Mein gel...« geschrieben. Dann war sie erschrocken und hatte die Feder fallen lassen.

Der Doktor fühlte, wie die Blicke der Tante ihm folgten. Sie wunderten sich wohl, daß er kein Wort zu Ellen sprach. Das Erste, was geschehen mußte, war, alle aus dem Zimmer zu bringen, sowohl Tante Malin, als Tante Bertha, als auch das Hausmädchen, damit sie den Schrecken nicht wach in ihr erhielten.

»Ich glaube, sie wird mir schon alles erzählen, wenn ich allein mit ihr sprechen kann«, sagte er und hatte rasch das Zimmer ausgeräumt.

Er zog einen Sessel heran und setzte sich neben sie.

Wunderbar, wie viele Gesichter ein Mensch haben kann! Er hätte Ellen so kaum wiedererkannt. Ruhe, friedvolle Ruhe war das Hauptmerkmal ihres Aussehens. Er war davon bezaubert worden, sie immer gleich ruhig zu finden, eine förmliche Meisterin in der Kunst, die Tanten zu behandeln. Sie sah kaum von der Stickerei auf, wie sehr sie auch lärmten. Und dann hatte er einmal gleichsam eine Offenbarung gehabt. Im Heimkommen vermeinte er eines Abends eine zarte, geneigte Gestalt im Lampenscheine am Arbeitstische sitzen zu sehen. Er hatte ein deutliches Bild des feinen Nackens und der kleinen Hände empfangen. Das ganze Zimmer war durch sie geschmückt. Darauf hatte er um sie angehalten.

Und nun jetzt dagegen! Nur bleiches Entsetzen und aufgescheuchte Wildheit. Gerade, was er nicht wollte. Eine hysterische Frau! Ah, Gott behüte, Gott behüte!

»Sag', Ellen, was hast Du?«

Sie antwortete nicht.

»Mir mußt Du es sagen, verstehst Du«, sagte er ein bißchen streng.

Sie heftete die Augen auf ihn, es war, als blitzte ein Schimmer von Hoffnung in ihnen aus.

»Du wirst ruhig werden, wenn Du es sagst.«

Es war schade um ihre schönen hellen Augen. Sie hatten immer auf dem, mit dem sie gesprochen, geruht, mit einem Schimmer, so still wie der der Sonne. Sie waren vielleicht glänzender jetzt. Aber das war solch ein Glanz, nach dem er eigentlich gar nicht fragte.

Sie kämpfte heftig mit sich selbst. Sie konnte den Unterkiefer nicht stille halten. Sie stopfte ein Taschentuch zwischen die Zähne, damit man nicht hörte, wie sie aufeinanderschlugen.

Endlich hörte er sie ein paar Worte sagen. Sie saß da und schlug mit der einen Hand auf die andere und dachte laut. »Ich muß es ihm sagen. Ich muß, ich muß. Sie kommt sonst wieder. Ja, sie kommt wieder.«

Dann begann sie zu sprechen, und er wurde wunderlich herabgestimmt dabei. Es glich am ehesten der Stimmung, die über einen kommt, wenn man in einem feierlichen Aufzug im Frack geht und es kommt ein Platzregen. Man fühlt, wie man seine ganze Größe und Würde einbüßt.

Sie gestand mit einemmale, daß sie ihn nicht lieb hatte. Sie hatte ihn gerne heiraten wollen, aber einzig und allein, um von daheim wegzukommen.

Würde es nicht ihm selbst gegolten haben, er hätte darüber lachen können, wie dieses Kind sich nach einem Mann gesehnt hatte. Nach dem ersten besten. Sie war so fest entschlossen, fortzukommen. Es war der Tanten wegen. Sie waren ja sehr gut gegen sie gewesen, und sie wußten selbst nicht, wie sie sie quälten.

Sie sah ihn an mit verzweifelten Augen und bettelte gleichsam, er möchte sie doch verstehen und für sie fühlen. Er wußte ja, wie die Tanten waren, er, der sie viele Jahre hindurch behandelt hatte. Sie waren so schwierig, so schwierig, so voll fixer Ideen und Beängstigungen. Tante Malin erwartete immer eine Feuersbrunst, Tante Bertha glaubte immer, daß sie auf der Straße überfahren werden würde. Er wußte, wie sie waren. Und, wenn sie, Ellen, weiter bei ihnen blieb, würde sie ebenso wunderlich werden.

Aber sie wollte ein ordentlicher Mensch werden. Und sie hatte sie gebeten, fortgehen und arbeiten zu dürfen. Das hatten sie natürlich nicht erlauben wollen. Da konnte er doch begreifen, daß ihr nichts anderes übrig blieb, als zu heiraten.

Der Doktor konnte es nicht lassen, zu fragen, ob sie nicht gefürchtet hatte, daß sie, mit jemandem verheiratet, aus dem sie sich nichts machte, ein ärgeres Leben haben konnte, als hier bei den Tanten.

Ach nein, ärger konnte es wohl nie sein. Ein Mann war wenigstens manchmal fort. Die Tanten waren den ganzen Tag zu Hause.

Nun, da sie schon so offenherzig war – war es ihr nie in den Sinn gekommen, ihn lieb zu haben? Sie schüttelte den Kopf, das war etwas, was ganz außerhalb des Denkbaren lag. Und warum? War er zu häßlich? Nein, sie schlug beteuernd die Augen auf. War er langweilig? Sie machte eine abwehrende Handbewegung. Was für ein Fehler war also an ihm? Er war zu kalt. Ja so, er war zu kalt.

Der Doktor ging ein paar Schritte übers Zimmer. Das war doch unglaublich, daß ein solches Kind da herumgegangen war und etwas derartiges zusammengebraut hatte, hatte sich von ihm küssen lassen, ohne eine Spur von Neigung für ihn zu empfinden. Und sie hatte ihre Rolle gar nicht schlecht gespielt. Er war der Betrogene gewesen. Und daß er so unangenehm war, daß ein junges Mädchen gar nicht daran denken konnte, ihm gut zu sein.

Aber natürlich hatte sie ein elendes Leben bei den beiden Alten geführt. Er konnte schon begreifen, daß es ihr viel gegolten, sich zu verheiraten. Das war ihr wohl wie eine Erlösung fürs ganze Leben gewesen. Sie legte ihr Bekenntnis ab, ohne irgend ein Erbarmen zu zeigen. Es fiel ihr gar nicht ein, daß sie ihn verletzte. Sie mußte wohl glauben, daß er gepanzert war, ganz eisenhart.

Ihre Stimme erhob sich plötzlich zu einem Schrei. »Du weißt ja«, sagte sie, »daß alle, die falsch spielen, in diesem Zimmer hier die Hand sehen. Ich habe sie gesehen. Ich saß dort, dort.« Und sie wandte sich heftig zum Schreibtisch. »Dort sah ich sie.«

»Glaubst Du nicht, daß ich sie sah?« fuhr sie fort und bohrte ihre Augen in ihn, als wollte sie die Wahrheit hervorzwingen.

»Laß mich hören, wie es war«, sagte er beruhigend.

»Ja, Du weißt doch, daß Du mir abends geschrieben hast, und ich wollte die Antwort schreiben, bevor ich mich niederlegte. Aber als ich mich zum Schreibtisch setzte, wurde ich unruhig und saß lange da und dachte, denn ich wußte nicht, wie ich die Überschrift schreiben sollte. Ich mußte ja »geliebter« schreiben, aber das kam mir nicht recht vor. Es war das erstemal, daß ich an Dich schrieb. Ich fand, daß es schrecklich war, etwas zu schreiben, das nicht wahr war – aber schließlich schien es mir, daß ich nicht weniger schreiben konnte.«

»Ist ein so großer Unterschied zwischen dem, was man schreibt und dem, was man sagt?«

»Du hattest mich nicht gefragt, ob ich Dich liebte, nur ob ich Deine Frau werden wollte –«

»Ah so!«

»Aber da, im selben Augenblick, im selben Augenblick, als ich begonnen hatte, das Wort zu schreiben war die Hand da. Sie kam über die Tischkante heraufgeglitten, und ich glaube, ich saß da und starrte sie ein paar Sekunden an, bevor ich begriff, was es war. Ich schrie nicht gleich. Ich konnte gleichsam nicht verstehen, daß es etwas Übernatürliches war. Aber da legte sie sich über das Papier und zeigte mit den gekrümmten Fingern auf das Wort da.

Ich glaube, sie war froh, sie zitterte förmlich vor Freude. Es war, als wollte sie die Buchstaben an sich scharren – es war falsches Spiel. Da wollte sie mit dabei sein.

Sie kam gekrochen, auf den gelben Fingern, wie eine große Spinne. Gerade, als hätte sie Eile. Es war so lange her, seit sie Anlaß gehabt, hervorzukommen. Nun mußte sie sich sputen. Sie griff förmlich nach der Feder mit den feuchten, knotigen Fingern. Es war ja falsches Spiel. Da wollte sie mit dabei sein.

Ich schrie auf, als wäre es eine Schlange, und da verschwand sie, aber ich weiß nicht, ob sie nicht noch hier ist. Ich glaube, ich fühle, daß sie sich noch im Zimmer befindet. Und wenn sie wiederkommt, so sterbe ich. Ich war nahe daran zu sterben.«

»Nein, sie darf nicht wiederkommen«, sagte er tröstend.

»Ich weiß, daß ich eins tun muß«, sagte sie, »ich muß es tun, damit sie nicht wiederkommt. Aber es ist so furchtbar hart.«

Sie nahm den Verlobungsring vom Finger, steckte ihre kalte zitternde Hand in die des Doktors und ließ den Ring zurück. Dann weinte sie in der Bitterkeit der Entsagung.

Der Doktor sagte nichts, er legte die Fingerspitzen aufeinander und ließ den Ring dazwischen hin- und hergleiten.

Es war nicht so schwer, mit der Geisterhand fertig zu werden wie mit dem anderen, meinte er. Die Hand hatte gleichsam seine Partei ergriffen, ihm ein wenig Rache verschafft. Er fühlte Sympathie für sie.

Es ist wohl so mit manchen, dachte er, daß das Gewissen in der einen oder anderen Weise über sie kommt, wie sehr sie auch versuchen, es zu betrügen. Es hat seine eigenen verschwiegenen Wege. Da hatte nun seine kleine Braut alles aufs Beste ausgeklügelt, um ein gutes Heim zu bekommen. Bloß ein bißchen Heuchelei brauchte sie sich aufzuerlegen, und alles Glück der Welt war ihr Eigen. Und da kommt das Gewissen ganz still heran und gräbt seine Mine tief unten in der Seele und sprengt endlich alle Klugheit, alle Berechnung in einem Augenblick in die Luft.

Ja ja, ja ja. Sie hatte wohl geglaubt, daß sie so ein ganzes Leben würde weiterlügen können, hatte wohl gesehen, wie es anderen geglückt war. Aber da stellt es sich heraus, daß sie aus feinerem Stoff gemacht ist. Etwas Hinderliches darin, einer verfeinerten Rasse von Gewissensmenschen anzugehören. Wenn man es am wenigsten erwartet, ist die Gewissenshalluzination fertig.

Natürlich nimmt sie dann die Form an, die am nächsten zur Hand liegt. Es war ja sonnenklar, daß das Gewissen in diesem Zimmer hier zu einer Geisterhand werden mußte.

Er saß noch immer da und spielte mit dem Ring und ließ ihn von einem Finger zum anderen gleiten. Er fühlte etwas anderes als Zorn darüber, daß er sie nicht hatte gewinnen können. Er war beinahe betrübt. Sie fing jetzt gewiß an, sich seiner zu erinnern, zu denken, daß ihm ein Unrecht widerfahren, denn sie beugte sich hinab und küßte seine Hand, »Verzeih' mir«, sagte sie.

Es war merkwürdig, wie weich sie war. Wenn sie sich darüber klar geworden, daß sie ein Unrecht getan, wußte sie gar nicht, was sie alles tun sollte, um zu versöhnen. Es hatte wirklich keinen Zweck, sie länger zu quälen. Er brauchte ja nur geradeheraus zu sprechen, zu sagen, daß er nicht viel besser gewesen als sie. Räsonnement auf beiden Seiten. Die eine hatte ein Heim, der andere eine Hausvorsteherin gesucht. Es würde sie beruhigen, das zu hören.

Er wollte ihr sagen, daß es keine so bittere Enttäuschung für ihn werden konnte. Er war nicht so furchtbar verliebt gewesen, er auch nicht.

Ja gewiß, er hatte ja keinen Anlaß, die Qual länger hinauszuziehen. Das beste war, ein Ende zu machen. Alle zur Ruhe kommen zu lassen und morgen unverlobt zu erwachen.

Als er sich erhob, um zu gehen, kamen ihm die Tränen in die Augen. Es tat ihm doch weh, sie zu verlieren. Und nun war es das, was er ihr sagte.

Er begann damit ihr unzusammenhängende Dinge zu sagen, daß sie ein Gewissensmensch war, daß sie der feineren Rasse von Nerven-menschen angehörte, die gerade jetzt angefangen hatten, hier und dort aufzutauchen. Sie war ihm gerade darum teuer. Gerade um dessentwil-len, was ihr in dieser Nacht widerfahren, fiel es ihm schwer, auf sie zu verzichten.

Sie war frei, ja, natürlich, aber wenn sie einmal konnte und wollte --

Er sah sie erstaunt an. Quälte sie das nicht? Nein, jetzt erst ver-schwand die Starrheit aus ihren Zügen, und die Augen wurden ruhig. Sie saß mit halbgeöffnetem Munde und lauschte –

Er sprach davon, wie er das Leben für sie hatte ordnen wollen, sprach davon, wie er sich nach ihr gesehnt. Er sprach ganz anders davon, als er vor einer halben Stunde gesprochen haben würde. Aber er sah es auch ganz verschieden, jetzt, da er sie verlieren sollte. Er sprach viel schöner, als er es sich zugetraut hätte. Das Zusammenleben mit einem weichen, liebenswerten weiblichen Wesen, ja gerade das Zusammenleben mit ihr nahm sich mit einemmale sehr hold für seine Phantasie aus, und er sagte es ihr.

Als er näher trat und ihr die Hand zum Abschied reichte, kamen ihm noch einmal die Tränen in die Augen. Sie war so schön, gerade jetzt, die Farbe entzündete sich wieder aus ihren Wangen, sie war wie eine frischaufgeblühte Blume. Sie sah ebenso froh aus, wie jemand, der einer Todesgefahr entronnen ist.

Der Doktor stand da mit ihrer Hand in der seinen und zog seine Konklusionen so rasch wie nie zuvor.

Sie verstand sich natürlich selbst nicht, nicht im geringsten. Ah! Er schöpfte tief Atem. Alle Niedergeschlagenheit war fort. Ein jubelndes Siegesgefühl durchblitzte ihn. Nur mit einer einzigen Anstrengung hatte er sich ihre Liebe ersprochen. Sie hatte ja nur das gebraucht, daß er zeigte, daß er sie lieb hatte.

Er nahm den Verlobungsring und steckte ihn ihr ruhig zurück auf den Ringfinger. »Reine Torheiten«, sagte er, als sie die Hand wegziehen wollte.

»Aber«, sagte sie. »Ich weiß nicht, ich wage nicht –«

»Ich wage, ich«, sagte der Doktor, »ich war nie so, daß ich vor dem Glücke fortgelaufen bin.«

Er ging hinaus ins Vorzimmer, fand seinen Überrock und kam wieder herein, um seine Zigarre anzuzünden.

»Arme Kleine«, sagte er, während er ein paar Züge machte. »Bist jetzt gleichsam gebunden und gefesselt, mich zu lieben, sollte ich meinen. Sonst kommt noch die Hand dort und preßt Dir das Leben aus.«

Eine Geschichte aus Halltanäs

Irgendwo am Wege lag einmal ein alter Hof, der Halstanäs genannt wurde. Der hatte den Waldessaum dicht hinter sich und war niedrig gebaut mit langen Reihen rotgestrichener Häuser. Neben dem Wohnhause stand ein großer Faulbaum, der das rote Ziegeldach mit schwarzen Beeren übersäte. Eine Feierabendglocke mit einem Schirmdach hing oben über dem Stallgiebel.

Dicht vor der Küchentür war ein Taubenschlag mit kleinen niedlichen Balustraden bei den Fluglöchern, an der Mauer hing ein Eichhörnchenbauer, das aus zwei kleinen grünen Häusern bestand und einem großen Stahlrad, und vor der großen Syringenhecke stand eine ganze lange Reihe rindegedeckter Bienenkörbe.

Der Hof hatte einen Teich, der voll breiter Karauschen und schlanker Wassereidechsen war. Er hatte ein Hundehaus am Einfahrtstor und weiße Zauntüren an der Allee und an den Gartenwegen und überall, wo sich eine Zauntür anbringen ließ.

Er hatte große Dachböden mit dunklen Dachkammern, die altvaterische Offiziersröcke bargen und hundertjährige Frauenzimmerhüte. Er hatte große Kisten, mit Seidenshawls und »Brautputz« angefüllt, er hatte alte Spinette und Violinen und Guitarren und Fagotte. In Schränken und Sekretären lagen handgeschriebene Lieder und vergilbte alte Briefe, an den Wänden im Flur hingen Jagdgewehre und große Pistolen und lederbezogene Jagdtaschen, auf dem Boden lagen Lappenteppiche, aus Überresten alter Atlaskleider mit ausgemusterten Baumwollgardinen zusammengewebt.

Der Hof hatte einen großen Erker, wo die Hundsrose Sommer um Sommer ein schwankes Holzstacket hinanklomm. Er hatte große gelbe Flurtüren, die mit Drückern und Eisenbeschlägen verschlossen wurden, er hatte einen Flur, der mit Wachholderreisig bestreut war, er hatte niedrige Fenster mit vielen kleinen Scheiben und schweren Holzläden.

Eines Sommers kam der alte Oberst Beerencreutz gerade zu diesem Hof gefahren. Es dürfte wohl einige Zeit nach dem Jahre gewesen sein, in dem er von Ekeby fortzog. Zu dieser Zeit war er in einem Bauernhof in Svartsjö einquartiert, und er begab sich nur selten auf Reisen. Er hatte wohl die Kalesche und das Pferd behalten, aber sie mußten jetzt so ziemlich das ganze liebe Jahr in Ruhe bleiben. Er sagte immer, nun sei er ernstlich alt geworden, und für alte Leute will es sich am besten schicken, daheim zu sitzen. Beerencreutz fiel es auch schwer, die Arbeit zu verlassen, die er sich vorgenommen hatte. Er war damit beschäftigt, Teppiche für seine beiden Zimmer zu weben, große vielfarbige Teppiche in reichen, wunderbar ausgeklügelten Mustern. Dies nahm ihm unendlich viel Zeit, vor allem, weil er seine eigene Webmethode hatte. Er benutzte nämlich keinen Webstuhl, sondern spannte das Garn quer über sein eines Zimmer, von Wand zu Wand. Das tat er, damit er den ganzen Teppich auf einmal übersehen konnte. Aber dann das Schiffchen hineinzuschmuggeln und die Fäden zu einem festen Teppichgewebe zusammenzubringen, das war keine kleine Mühe. Und dann war da das Muster, das er selbst ausdachte, und die Farben, die zusammengepaßt werden mußten. Das nahm dem Obersten mehr Zeit, als irgend jemand glauben konnte.

Denn während Beerencreutz daran arbeitete, daß das Muster richtig ausging, saß er oft da und dachte an unseren Herrn. Der saß wohl an einem noch größeren Webstuhl und hatte ein noch wunderbareres Muster zu weben. Und er begriff, daß es in diesem Gewebe sowohl hell als dunkel geben mußte, damit es sich richtig ausnahm. Aber Beerencreutz konnte bisweilen dasitzen und so lange über das alles nachgrübeln, bis er zu sehen vermeinte, wie sein Leben und das Leben der Menschen, die er gekannt und mit denen er gelebt, einen kleinen Teil von Gottes großem Gewebe bildete, und er sah das Stück so deutlich vor sich ausgebreitet, daß er sowohl die Konturen als die Farben unterscheiden konnte. Und wenn man nun Beerencreutz recht angelegentlich gefragt hätte, dann würde er bekannt haben, daß er sein eigenes und seiner Freunde Leben in den Teppich webte, in einer geringen Nachbildung dessen, was er vermeinte, in Gottes Webstuhl dargestellt gesehen zu haben.

Doch pflegte der Oberst gern eine kleine Reise zu ein paar alten Gastfreunden zu machen, jedes Jahr gleich nach Johanni. Er hatte es von altersher am liebsten, durchs Land zu reisen, wenn der Klee noch auf den Wiesen duftete und blaue und gelbe Mitsommerblüten den Wegesrand hinab blühten, in zwei langen, ununterbrochenen Linien.

Dieses Jahr war der Oberst kaum hinaus auf die große Landstraße gekommen, als er seinen alten Freund, den Fähnrich von Örneclou, traf. Und der Fähnrich, der das ganze liebe Jahr auf Reisen war und alle Höfe in Wermeland kannte, gab ihm einen guten Rat. »Fahrt nach

Halstanäs und besuchet den Fahnenjunker Östblad«, sagte er zum Oberst. »Ich kann Euch sagen, Bruder, daß ich keinen Hof im ganzen Lande weiß, wo ich mich wohler fühlte.«

»Was ist das für ein Östblad, von dem Ihr sprecht, Bruder?« sagte der Oberst. »Ihr könnt doch nicht den tollen Fahnenjunker meinen, Bruder, den die Majorin zur Tür hinauswarf?«

»Just den meine ich«, sagte der Fähnrich, »aber Östblad ist nicht der, der er gewesen. Er hat sich mit einem feinen Fräulein verheiratet, mit einem so recht durablen Frauenzimmer, Oberst, das einen Menschen aus ihm gemacht hat. – Das war freilich ein höchst unerwartetes Glück für Östblad, daß eine so ausgezeichnete Dame sich in ihn verliebte. Sie war wohl nicht gerade sehr jung, aber jung war Östblad ja auch nicht. Lieber Bruder, Ihr müßt nach Halstanäs fahren, um der Liebe Wunderwerk zu schauen.«

Und so fuhr der Oberst nach Halstanäs, um zu sehen, ob Örneclou die Wahrheit gesprochen habe. Er hatte sich wohl bisweilen gewundert, was aus Östblad geworden sein könnte. In seiner Jugend hatte er es so wild getrieben, daß nicht einmal die Majorin auf Ekeby Nachsicht mit ihm haben konnte. Sie hatte ihn nicht länger als ein paar Jahre auf Ekeby dulden können, dann war sie gezwungen gewesen, ihn fortzujagen. Östblad war so tief verkommen gewesen, daß ein Kavalier kaum mit ihm hatte umgehen wollen. Und nun behauptete Örneclou, daß er Haus und Hof besaß und mit einem hervorragenden Frauenzimmer verheiratet war.

So fuhr der Oberst hinauf nach Halstanäs und sah da auf den ersten Blick, daß dies ein richtiger alter Herrenhof war. Er brauchte nur die Birkenallee zu sehen, mit all den eingeschnittenen Namen und den hohen verzweigten Bäumen. Solche Birken hatte er nie anderswo als auf alten ansehnlichen Landsitzen gesehen. Der Oberst fuhr sachte in den Hof ein, und mit jedem Augenblick wurde er vergnügter. Da waren Lindenhecken von der richtigen Sorte, so dicht, daß man darüber gehen konnte, und da waren ein paar Terrassen mit Steinstufen, die so lange dort gelegen, daß sie sich halb in die Erde eingegraben hatten.

Als der Oberst an dem Teich vorbeifuhr, sah er die dunklen Rücken der Karauschen in dem gelblichen Wasser schimmern. Die Tauben flogen mit schmetternden Flügelschlägen vom Wege empor, das Eichhörnchen hielt sein Rad auf, der Kettenhund lag still mit der Schnauze auf den Vorderbeinen, wedelte mit dem Schwanze und knurrte leise dazu.

Dicht neben dem Erker sah der Oberst einen Ameisenhaufen, wo die Ameisen ungestört in ihren Angelegenheiten auf und ab gingen. Er sah auf die Blumeneinfassung an der Rasenkante, da wuchsen all die alten Sorten, Narcissen und Morgenstern und Hauslauch. Aber oben aus dem Graswall, da wuchsen kleine weiße Maßliebchen, die so alt hier geworden waren, daß sie sich selbst säeten und wie Unkraut gehalten wurden.

Beerencreutz wiederholte es bei sich selbst: Das war wirklich ein richtiger Herrenhof, hier hatten Pflanzen, Tiere, sowie Menschen das allerbeste Gedeihen.

Als er endlich beim Haustor vorfuhr, wurde er so freundlich bewillkommnet, als er es nur wünschen konnte, und sobald er sich vom Reisestaub gereinigt hatte, geleitete man ihn zu Tische. Und man bewirtete ihn mit guten, reichlichen, althergebrachten Speisen, und zum Nachtisch bekam er Spritzkuchen, solche, wie seine Mutter sie ihm vorzusetzen pflegte und wie er ihresgleichen nie in der Welt gegessen.

Und Beerencreutz betrachtete mit Erstaunen Fahnenjunker Östblad. Er sah ihn umhergehen still und vergnügt, mit einer langen Pfeife im Munde und der Hauskappe auf dem Kopfe. Er hatte einen alten Hausrock, aus dem es ihm schwer fiel, herauszukriechen, wenn er sich zum Mittagessen fein machen sollte. Das war das einzige Überbleibsel des alten Wilden, das Beerencreutz an ihm sah. Er ging und beaufsichtigte die Arbeitsleute, wies die Tagewerke an, sah nach, wie es auf Feld und Wiese wuchs, pflückte eine Rose für seine Frau, als er durch den Garten ging, und fluchte nicht und spie nicht aus.

Aber am verwundertsten wurde der Oberst, als er sah, daß der alte Fahnenjunker Östblad Bücher führte. Er nahm den Oberst in das Kontor und zeigte ihm große Bücher mit roten Lederrücken. Und die führte er selbst. Er liniierte sie mit roter und schwarzer Tinte und richtete Kontos und Namen ein und schrieb alles auf bis zu einem Briefporto.

Aber Fahnenjunker Östblads Frau, die ein geborenes Fräulein Beerencreutz war, nannte Beerencreutz Vetter, und sie waren bald so weit, daß sie den Verwandtschaftsgrad nachrechneten, und sie sprachen von allen Verwandten. Und schließlich bekam Beerencreutz solch ein Vertrauen zu Frau Östblad, daß er sich mit ihr über die Teppichweberei beriet.

Es war eine ausgemachte Sache, daß Beerencreutz über Nacht bleiben mußte. Er wurde in ein breites Himmelbett mit einem ganzen Berg von Polstern gebettet, in das beste Gastzimmer rechts vom Flur, dicht neben dem Schlafgemach. Der Oberst schlief gut, sowie er ins Bett gekommen war, aber mitten in der Nacht erwachte er. Er stand da sogleich aus dem Bette auf, der alte Oberst, und ging und schlug die Läden vom Fenster zurück.

Er hatte die Aussicht nach dem Garten, und nun sah er in der hellen Sommernacht alle alten Apfelbäume des Hofs, die knorrig dastanden mit wurmstichigen Blättern und mit unzähligen Stützen unter den morschen Ästen. Er sah den großen Wildapfelbaum, von dem man zum Herbst ganze Tonnen ungenießbare Früchte ernten würde. Er sah die Ananaserdbeeren, die gerade anfingen, unter dem dichten Laub zu erröten.

Der Oberst stand und sah das an, als wenn es ihm nicht möglich wäre, zu schlafen. An seinem Fenster daheim im Bauernhofe hatte er einen steinigen Waldhügel und ein paar Wachholderbüsche. Es war nicht zu verwundern, daß ein Mann wie Beerencreutz sich unter gestutzten Hecken und blühenden Rosen heimischer fühlte.

Wenn man einen Garten in einer stillen Nacht sieht, hat man oft das Gefühl, daß er nicht echt und wirklich sein kann. Er kann so still sein, daß man eher glaubt, sich in einem Theater zu befinden, man glaubt, daß die Bäume gemalt sind und die Rosen aus Papier zusammengekleistert. Und etwas derartiges war es auch, was der Oberst fühlte, als er da stand. Es kann nicht möglich sein, dachte er, daß all dies richtig ist. Das ist wohl ein dummer Traum. Aber da fielen von dem großen Rosenbusch, der dicht unter dem Fenster stand, sacht ein paar Rosenblätter zu Boden, und da fühlte er wieder, daß alles echt war. Alles war echt und richtig, Tag und Nacht war derselbe Friede über allem.

Als er sich wieder niederlegte, ließ er die Fensterläden offen stehen. Er lag in seinem hochgetürmten Bett und sah einmal ums andere hinaus auf den Rosenbusch. Er konnte keine Worte dafür finden, wie sehr er ihm gefiel. Es drückte ihn ganz wunderlich, daß ein Mann wie Östblad jede Nacht ein solches Paradies vor seinem Fenster haben sollte.

Je mehr der Oberst an Östblad dachte, desto mehr verwunderte es ihn, daß dieses Fohlen in einen solchen Stall geraten war.

Es war nicht viel mit ihm los gewesen zu der Zeit, als er von Ekeby fortgejagt wurde. Es ließ sich nicht leicht voraussehen, daß er ein vermögender, wohlbestallter Mann werden würde.

Der Oberst lag da und lachte leise, und es kam ihm in den Sinn, ob Östblad sich jetzt wohl noch erinnerte, wie er sich einstmals in der Welt zu erlustigen pflegte, als er noch auf Ekeby hauste. In einer recht dunklen, unheimlichen Nacht hatte er sich wohl mit Phosphor bestrichen, sich auf ein schwarzes Pferd gesetzt und war fortgeritten über die gutsherrlichen Hügel, wo Schmiede und Müller ihre Wohnstätten hatten. Und wenn dann jemand zufällig herausguckte und einen Reiter vorbeisprengen sah, in blauweißem Lichte leuchtend, dann hatte der sich beeilt, Laden und Gitter wohl zu verschließen, und hatte gesagt, daß es heute Nacht wohl das Beste wäre, seine Gebete andächtig zu sprechen, denn nun wäre der böse Feind in Person auf Seelenjagd aus.

Ach ja, ach ja, einfältiges Volk auf diese Art zu schrecken, damit ergötzte sich mancher in früherer Zeit. Aber Östblad trieb den Spaß weiter als irgend ein anderer, von dem der Oberst je gehört hatte.

Da war ein altes Wurzelweib in Oiksta gestorben, was ein Kätnergut unter Ekeby war. Und Östblad erfuhr das zufällig, und ebenso erfuhr er, daß die Leiche aus dem Hause gebracht und in eine Scheune getragen worden war. Als es Nacht wurde, zog Östblad die Feuerkleider an, bestieg das schwarze Pferd und ritt zum Hofe. Und die Leute auf dem Kätnergut, die noch auf und im Freien gewesen waren, hatten einen Feuerreiter hinauf zur Scheune reiten sehen, wo die Leiche lag, sie dreimal umkreisen und dann durch das Tor verschwinden. Sie hatten den Reiter auch herauskommen sehen, abermals dreimal das Haus umkreisen und dann verschwinden.

Aber am Morgen, als man zur Scheune kam, um nach der Leiche zu sehen, war sie fort. Und da glaubte man, daß der böse Feind sich der Toten bemächtigt und sie entführt hatte, und damit gab man sich zufrieden.

Aber ein paar Wochen später fand man die Leiche oben auf dem Heuschober in der Scheune, und da entstand ein großer Lärm über die Sache. Da spähte man aus, wer der Feuerreiter war, und die Bauern lauerten Östblad auf, um ihm einen Denkzettel zu geben, und die Majorin wollte ihn nicht mehr an ihrem Tische und in ihrem Hause sehen, sondern füllte seinen Ranzen und bat ihn, anderswohin zu ziehen.

Und Östblad zog hinaus in die Welt und machte sein Glück.

Der Oberst fühlte etwas ganz Wunderliches, wie er da im Bette lag. Es war beinahe, als sollte er anfangen, sich zu fürchten. Er hatte früher gar nicht so recht gedacht, wie abscheulich diese Geschichte eigentlich war. Hatte wohl vielleicht sogar darüber gelacht; es war ja nicht üblich, daß man sich das, was einem alten Wurzelweib geschah, so sonderlich zu Herzen nahm. Aber Gott erbarme sich, wie rasend würde man werden, wenn einer unserer eigenen Mutter so etwas angetan hätte.

Den Oberst überkam ein erstickendes Gefühl. Er atmete mit Schwierigkeit.

Es stand erschreckend furchtbar vor ihm, das, was Östblad getan. Es wurde zu einem förmlichen Alp. Er fürchtete sich, die tote Alte hinter dem Bett hervorkommen zu sehen. Es war ihm, als müßte sie hier in der Nähe sein.

Und aus den vier Ecken des Zimmers erklang es dem Obersten mit entsetzlicher Gewißheit: Das verzeiht Gott nicht. Das hat Gott nicht vergessen.

Der Oberst schloß die Augen, aber da sah er mit einemmale Gottes großen Webstuhl vor sich, in dem das Gewebe aus Menschenschicksalen gewebt war. Und er glaubte das Viereck zu sehen, das Fahnenjunker Östblads Leben war, und er sah es auf drei Seiten von Dunkel umgeben. Und er sah ein, er, der sich auf Gewebe und Muster verstand, daß die vierte Seite auch mit Dunkel belegt werden mußte. Es ging nicht anders an, sonst war das Gewebe verfehlt. Der kalte Schweiß brach auf seiner Stirne hervor. Es dünkte ihm, daß er auf das Unerbittlichste und härteste in der ganzen Welt hinabschaute. Er sah, wie das Schicksal, das ein Mensch sich in seinem verflossenen Leben geschaffen, ihn verfolgte. Und da dachte mancher, daß er dem entkommen könnte!

Entkommen, entkommen! Alles war aufgezeichnet und eingeritzt, und die eine Farbe und Figur zwang die andere hervor, und alles wurde so, wie es werden mußte.

Oberst Beerencreutz setzte sich mit einemmale gerade im Bett auf, er wollte hinaussehen auf Blumen und Rosen und denken, daß vielleicht unser Herr dennoch vergessen könnte.

Da im selben Augenblick, als Beerencreutz sich im Bette aufsetzte, öffnete sich die Schlafzimmertür, und ein fremder Mann steckte den Kopf herein und nickte dem Oberst zu.

Es war jetzt so hell, daß der Oberst den Mann ganz deutlich sah. Das war wahrlich das häßlichste Gesicht, das er je gesehen. Es hatte graue Schweinsaugen und eine eingedrückte Nase und einen dünnen, borstigen Bart. Er konnte nicht sagen, daß der Mann wie ein Tier war, denn Tiere sind meistens schön. Aber er hatte doch einen tierischen Stempel. Sein Unterkiefer war vorgeschoben, das Kinn war dick und seine Stirn verschwand ganz unter dem struppigen Haar.

Er nickte dem Oberst dreimal zu und jedesmal dazwischen kicherte er mit einem breiten Grinsen. Dann streckte er eine Hand aus, die rot von Blut war, und zeigte sie gleichsam triumphierend.

Bis dahin hatte der Oberst in einer Art Lähmung still gesessen, aber nun sprang er auf und war in zwei Schritten bei der Tür. Doch als er hinkam, war der Mann verschwunden und die Tür versperrt.

Der Oberst wollte schon rufen und klopfen, als es ihm einfiel, daß die Tür von seiner Seite verriegelt sein mußte, da er dies selbst am Abend besorgt hatte. Und als er sie untersuchte, verhielt es sich so, und sie war durchaus nicht geöffnet worden.

Und den Oberst überfiel eine Art Beschämung darüber, daß er auf seine alten Tage anfing, Gespenster zu sehen. Er ging und legte sich ohne weiteres nieder.

Als die Nacht endlich vorbei war und das Frühstück verzehrt, war der Oberst noch beschämter über sich selbst. Er hatte sich in solchen Schrecken versetzt, daß er gezittert hatte und von kaltem Schweiß bedeckt war. Er erwähnte mit keinem Worte die ganze Sache.

Aber später am Tage machten Östblad und er eine Runde um die Besitzung. Und als sie nun an einem Arbeiter vorbeikamen, der dastand und Torf ausstach, erkannte Beerencreutz ihn wieder. Das war der Mann, den er in der Nacht gesehen, er erkannte ihn Zug für Zug. »Lieber Bruder, diesen Mann würde ich nicht einen Tag länger in meinen Diensten behalten«, sagte Beerencreutz, als sie ein Stück gegangen. Und nun erzählte er Östblad, was er in der Nacht gesehen. »Ich erzähle dies einzig und allein, damit Ihr Euch warnen laßt, Bruder, und diesen Menschen aus Euerem Dienste jagt.«

Aber Östblad wollte nicht, er wollte gerade diesen Arbeiter nicht fortjagen. Und als Beerencreutz immer eindringlicher wurde, bekannte er endlich, daß er gegen diesen Mann nichts tun wollte, weil er der Sohn eines Wurzelweibes war, das auf Oiksta nahe von Ekeby gestorben war. »Ihr erinnert Euch wohl der Sache, Bruder«, fügte er hinzu.

»Ist das so, dann würde ich lieber ans Ende der Welt ziehen, als einen einzigen Tag in der Nähe dieses Mannes leben«, sagte Beerencreutz. Und eine Stunde später reiste er seiner Wege und war beinahe erzürnt darüber, daß seine Warnung kein Gehör fand.

»Hier geschieht ein Unglück, bevor ich wieder herkomme«, sagte der Oberst zu Östblad, als er Abschied nahm.

Im nächsten Jahre um dieselbe Zeit machte sich der Oberst bereit, nach Halstanäs zu fahren. Doch ehe er hinkam, mußte er grausige Kunde vernehmen. Genau ein Jahr nach der Nacht, die er dort verbracht, waren Fahnenjunker Östblad und seine Frau in ihrem Schlafzimmer ermordet worden, von einem seiner Kätner, einem Manne mit dickem Stierhals, eingedrückter Nase und Schweinsaugen.

Die Vogelfreien

Ein Bauer, der einen Mönch ermordet hatte, floh in die Wälder und wurde geächtet. Er traf dort einen anderen Vogelfreien an, einen Fischer von den äußersten Inseln in den Schären, der wegen Diebstahls eines Heringsnetzes angeklagt war. Die beiden taten sich zusammen, wohnten in einer Höhle, legten Schlingen, schnitzten sich Pfeile, backten Brot auf einem flachen Granitblocke und wachten für einander. Der Bauer verließ den Wald nie, doch der Fischer, der kein so schweres Verbrechen begangen hatte, nahm bisweilen das erlegte Wildbret auf die Schulter und schlich sich in die Wohnungen der Menschen. Dort vertauschte er den schwarzen Auerhahn und das blauglänzende Birkhuhn, den langohrigen Hasen und das zarte Reh gegen Milch und Butter, Pfeilspitzen und Kleider. Hierdurch waren die Vogelfreien imstande, ihr Leben zu fristen.

Die Höhle, in der sie wohnten, war in einen Hügel gegraben. Breite Steinplatten und struppige Schlehdornsträucher schützten den Eingang. Auf dem Hügel stand eine riesengroße Fichte. An ihrer Wurzel war der Rauchfang der Höhle. Der emporsteigende Rauch zog durch die dichten, mit Nadeln besetzten Zweige und verschwand unbemerkt in der Luft. Um ihre Wohnung zu erreichen, wateten die Männer in dem Waldbache, der am Abhange des Hügels entsprang. Keiner suchte in dem munter rieselnden Bache die Spur der Friedlosen. –

Anfangs wurden sie wie wilde Tiere gehetzt. Die Bauern versammelten sich wie zu einer Treibjagd auf Bären oder Wölfe. Bogenschützen umringten den Wald. Speerträger betraten ihn und ließen keine dunkle Kluft, kein dichtes Gebüsch undurchsucht. Während die Treibjagd lärmend über die Waldberge dahinzog, lagen die beiden Friedlosen in ihrer dunklen Höhle und lauschten atemlos und vor Entsetzen keuchend. Der Fischer hielt es einen ganzen Tag aus, den Mörder aber trieb die unerträgliche Angst in das Freie, wo er seinen Feind sehen konnte. Da wurde er entdeckt und gehetzt, doch dies war ihm siebenmal lieber als das Stilliegen in ohnmächtiger Untätigkeit. Er floh vor seinen Jägern, er glitt Abhänge hinunter, sprang über Ströme, kletterte lotrechte Bergwände hinauf. Alle in ihm liegende Kraft und seine ganze Geschicklichkeit machte sich unter dem Sporne der Gefahr geltend. Sein Körper wurde so elastisch wie eine Stahlfeder, der Fuß glitt nicht ab, die Hand ließ nicht los, Auge und Ohr waren doppelt so scharf wie gewöhnlich. Er verstand das Flüstern des Laubes und die warnenden Rufe der Steine. Wenn er einen Abhang erklommen, wandte er sich nach seinen Verfolgern um, sie mit Spottliedern in beißenden Reimen begrüßend. Wenn die sausenden Speere in der Luft pfiffen, griff er sie blitzschnell und schickte sie seinen Feinden wieder. Wenn er sich durch die ihn ins Gesicht schlagenden Zweige drängte, sang etwas in seinem Innern ein Loblied auf sein Tun.

Da lief der kahle Bergrücken durch den Wald, und einsam auf seinem Kamme stand die himmelhohe Föhre. Der rötlich braune Stamm war kahl, doch in dem astreichen Gipfel schaukelte das Raubvogelnest. So überaus mutig war nun der Flüchtling, daß er dort hinauf kletterte, während seine Verfolger ihn auf den bewaldeten Abhängen suchten. Dort sah er, den jungen Habichten den Hals umdrehend, indes die Hetzjagd tief unter ihm dahinzog. Der Habicht und die Habichtin stießen rachgierig auf ihn hinab. Sie flatterten ihm vor dem Gesichte, sie zielten mit dem Schnabel nach seinen Augen, schlugen ihn mit den Flügeln und kratzten ihm die wettergebräunte Haut blutig. Er kämpfte lachend mit ihnen. Aufrecht in dem schwankenden Neste stehend, hieb er mit seinem scharfen Messer nach ihnen und vergaß über der Lust des Spieles die Lebensgefahr und die Verfolger. Als er Zeit fand, sich nach diesen umzusehen, waren sie in einer andern Richtung fortgezogen. Keiner hatte daran gedacht, die Jagdbeute auf dem kahlen Bergrücken zu suchen. Keiner hatte die Augen zu den Wolken erhoben, um ihn Knabenstreiche und Nachtwandlertaten verüben zu sehen, während sein Leben in größter Gefahr schwebte. Der Mann zitterte, als er sich gerettet sah. Mit bebenden Händen griff er nach einer Stütze, schwindelnd maß er die Höhe, die er erklettert. Und aus Angst vor dem Fallen stöhnend, bange vor den Vögeln, bange vor der Möglichkeit, gesehen zu werden, bange vor allem, glitt er am Stamm hinunter. Er legte sich auf die Erde, um ungesehen zu bleiben, und kroch über das Berggeröll dahin, bis ihm das Unterholz Schutz gewährte. Dort verbarg er sich unter den verworrenen Zweigen der jungen Fichten. Schwach und kraftlos sank er auf das Moos nieder. Ein einzelner Mann hätte ihn fangen können.

Tord war der Name des Fischers. Er war erst sechzehn Jahre alt, aber stark und kühn. Er hatte schon ein Jahr im Walde gelebt.

Der Bauer hieß Berg, mit dem Beinamen »der Riese«. Er war der größte und stärkste Mann im ganzen Gaue, dazu schön und gut gewachsen. Er war breitschultrig und doch schlank. Seine Hände waren so fein gebildet, als hätten sie sich nie an harter Arbeit versucht. Das Haar war braun, das Gesicht aber zart gefärbt. Nachdem er einige Zeit im Walde gelebt hatte, erhielt er in jeder Hinsicht ein furchteinflößenderes Aussehen, als er sonst gehabt. Sein Blick wurde stechend, die Augenbrauen buschig, und die Muskeln, die sie zum Runzeln brachten, lagen fingerdick über der Nasenwurzel. Es trat auch deutlicher als früher hervor, daß der obere Teil seiner Athletenstirn über den untern vorgeschoben war. Die Lippen schlossen sich jetzt fester als früher, das ganze Gesicht wurde magerer, die Grübchen an den Schläfen vertieften sich und die kräftig entwickelten Kinnbacken traten deutlicher hervor. Sein Körper verlor an Fülle, die Muskeln aber wurden stahlhart. Das Haar ergraute schnell.

An diesem Manne konnte der junge Tord sich nicht satt sehen. Etwas so Schönes und so Gewaltiges hatte er noch nie erblickt. In seiner Phantasie stand er hoch wie der Wald, stark wie die Brandung da. Er diente ihm wie einem Herrn und verehrte ihn wie einen Gott. Es war so natürlich, daß Tord den Jagdspeer trug, das Wildbret heimschleppte, Wasser holte und Feuer anfachte. Berg der Riese ließ sich alle seine Dienste gefallen, gönnte ihm aber beinahe nie ein freundliches Wort. Er verachtete ihn, weil er ein Dieb war.

Die Friedlosen führten kein Räuber- oder Weglagererleben, sondern ernährten sich durch Fischfang und Jagd. Hätte Berg der Riese nicht einen heiligen Mann erschlagen gehabt, würden die Bauern bald mit der Verfolgung aufgehört und ihn oben in den Bergen in Frieden gelassen haben. Doch nun fürchteten sie großes Unheil für die Gegend, weil derjenige, welcher Hand an einen Diener Gottes gelegt, noch ungestraft umherging. Wenn Tord mit Wildbret ins Tal kam, boten sie ihm Geld und Gut und Vergebung für sein eigenes Verbrechen, falls er ihnen den Weg nach der Höhle des Riesen zeige, damit sie diesen, während er schlief, greifen könnten. Der Knabe sagte jedoch stets nein, und wenn sich ihm jemand nach dem Walde hinauf nachschlich, so führte er ihn so schlau in der Irre herum, daß er die Verfolgung aufgab.

Einmal fragte ihn Berg, ob die Bauern ihn nicht zum Verrate überreden wollten, und als er erfuhr, welche Belohnung sie ihm versprochen hatten, sagte er höhnisch, daß Tord dumm sei, wenn er ein solches Anerbieten nicht annehme.

Tord sah ihn da mit einem Blicke an, wie ihn Berg der Riese noch nie gesehen hatte. So hatte ihn kein schönes Weib in seiner Jugend, so hatten seine Kinder, seine Gattin ihn nicht angeblickt. »Du bist mein Herr, der von mir selbst erwählte Herrscher«, sagte der Blick. »Wisse, daß du mich schlagen und schimpfen darfst, soviel du willst. Ich bleibe dir doch treu!«

Von nun an gab Berg mehr acht auf den Knaben und merkte, daß er Mut zum Handeln hatte, zum Reden aber zu schüchtern war. Der Tod flößte ihm kein Entsetzen ein. Wenn die Seen eben übergefroren oder das Sumpfland im Frühlinge am gefährlichsten waren, wenn sich die Schwankmoore unter reich blühenden Moltebeeren und üppigem Wollgrase verbargen, schlug er am liebsten den Weg über diese ein. Es schien ihm ein Bedürfnis zu sein, sich der Gefahr auszusetzen; er fand darin gleichsam einen Ersatz für die Stürme und das Grausen auf dem Meere, denen er jetzt nicht mehr entgegenging. Nachts war er bange im Walde, und selbst am hellen Tage konnte das dunkle Dickicht oder die weitgreifenden Wurzeln einer umgestürzten Föhre ihn erschrecken. Doch wenn Berg ihn darüber ausfragen wollte, schwieg er verlegen.

Tord pflegte nicht auf dem hinten in der Höhle dicht beim Herde aus weichem Moose und warmen Fellen gebetteten Lager zu schlafen, sondern kroch allnächtlich, sobald Berg eingeschlafen war, nach dem Eingange und legte sich dort auf eine Steinplatte. Berg merkte dies und fragte ihn, obwohl er den Grund erriet, was dies heißen solle. Tord gab ihm hierüber keine Auskunft. Um dem Fragen ein Ende zu machen, lag er zwei Nächte nicht an der Tür, dann nahm er seinen Wachtposten wieder ein. Eine Nacht, als der Schneesturm in den Wipfeln des Waldes wirbelte und selbst durch das am besten vor dem Winde geschützte Dickicht brauste, drangen die tanzenden Schneeflocken in die Höhle der Friedlosen. Tord, der vor dem von Steinen verdeckten Eingänge lag, befand sich, als er am Morgen erwachte, mitten in einer schmelzenden Schneewehe. Einige Tage darauf erkrankte er. Die Lungen pfiffen, und wenn sie sich beim Atmen erweiterten, empfand er stechende Schmerzen. Er hielt sich aufrecht, solange es seine Kräfte erlaubten, doch eines Abends, als er sich niederbeugte, um das Feuer anzublasen, fiel er um und blieb liegen.

Berg trat zu ihm und bat ihn, sich auf sein Bett zu legen. Tord stöhnte vor Schmerzen und war außerstande, sich zu erheben. Berg schob da den Arm unter seinen Rücken und trug ihn dahin. Er hatte dabei das Gefühl, als fasse er eine feuchtkalte Schlange an, und einen Geschmack im Munde, als hätte er von dem unheiligen Pferdefleische gegessen, so zuwider war es ihm, diesen gemeinen Dieb anzurühren.

Er deckte ihn mit seinem eigenen, großen Bärenfelle zu und gab ihm Wasser, mehr konnte er nicht tun. Es wurde auch nicht schlimm. Tord war bald wieder hergestellt. Doch dadurch, daß Berg seine Arbeit verrichten und ihn bedienen mußte, waren sie einander nähergetreten. Tord wagte nun, ihn anzureden, wenn er des Abends in der Höhle Pfeile schnitzte.

»Du bist von guter Herkunft, Berg«, sagte Tord. »Die Reichsten im Tale sind deine Verwandten. Die Männer deines Stammes haben Königen gedient und in ihrer Schildburg gestritten.«

»Meistens haben sie unter den Aufrührern gekämpft und den Königen viel Schaden zugefügt«, erwiderte Berg.

»Deine Vorfahren hielten in der Weihnachtszeit große Gelage, und das tatest auch du, als du auf deinem Hofe saßest. Hunderte von Männern und Weibern konnten auf den Bänken in deiner großen Halle, die schon erbaut war, ehe Sankt Olaf hier in Viken[1] taufte, Platz finden. Du besaßest uralte Silberschalen und große Trinkhörner, die, mit Met gefüllt, im Kreise herumgingen.«

Wieder mußte Berg den Knaben ansehen. Er saß mit über den Rand herabhängenden Beinen aufrecht im Bette und stützte den Kopf in die Hände, mit denen er zugleich das wirre Haar, das ihm über die Augen fallen wollte, zurückhielt. Das Gesicht war unter der Verheerung der Krankheit fein und bleich geworden. Die Augen glänzten noch fieberisch. Er lächelte über die Bilder, die er heraufbeschworen: die geschmückte Halle, die Silberschalen, die festlich gekleideten Gäste und Berg den Riesen, in der Halle seiner Väter auf dem Ehrenplatze sitzend. Der Bauer dachte, daß ihn noch nie jemand mit solchen vor Bewunderung leuchtenden Augen angesehen oder ihn in seinen Feierkleidern so herrlich gefunden habe, wie ihn dieser Knabe in seinem abgetragenen Lederwamse fand. Er war gerührt und zugleich gereizt. Der gemeine Dieb hatte kein Recht, ihn zu bewundern.

1   Jetzt der nördliche Teil der Provinz Bohuslän.

»Gab es in deinem Hause denn kein Gelage?« fragte er.

Tord lachte. »Draußen auf der Klippe bei Vater und Mutter! Vater ist ja Wrackplünderer und Mutter eine Hexe. Zu uns will niemand kommen.«

»Ist deine Mutter eine Hexe?«

»Das ist sie«, antwortete Tord ohne jegliche Verlegenheit. »Bei stürmischem Wetter reitet sie auf einem Seehunde den Schiffen entgegen, über welche die Sturzwellen hinspülen, und diejenigen, welche da über Bord gerissen werden, gehören ihr.«

»Was macht sie damit?« fragte Berg.

»Oh, eine Hexe braucht stets Leichen. Sie kocht wohl Salben davon oder ißt sie vielleicht auf. Während der Mondscheinnächte sitzt sie draußen in der Brandung, wo die Wellen am weißesten stürmen und der Schaum über sie hinspritzt. Sie soll dort nach den Fingern und Augen ertrunkener Kinder suchen.«

»Das ist scheußlich!« sagte Berg.

Der Knabe antwortete mit unbeschreiblicher Zuversicht: »Bei andern wäre es das, aber nicht bei Hexen. Sie müssen so handeln.«

Berg fand, daß er hier auf eine neue Art, die Welt und die Dinge anzuschauen, stoße.

»Müssen auch Diebe stehlen, so wie Hexen zaubern müssen?« fragte er scharf.

»Ja freilich«, antwortete der Knabe, »ein jeder muß das tun, wozu er bestimmt ist.« Doch mit verstohlenem Lächeln fügte er hinzu: »Es gibt auch Diebe, die nie gestohlen haben.«

»Was meinst du damit, sprich!« sagte Berg.

Der Knabe behielt sein geheimnisvolles Lächeln und war stolz, dem andern ein unlösbares Rätsel zu sein. »Wie man von Vögeln spricht, die nicht fliegen, kann man auch von Dieben reden, die nicht stehlen.«

Berg der Riese stellte sich dumm, um etwas zu erfahren. »Niemand kann wohl Dieb heißen, ohne gestohlen zu haben«, sagte er.

»Nein, nein!« erwiderte der Knabe und kniff die Lippen zusammen, wie um die Worte zurückzudrängen. »Wenn nun jemand einen Vater hätte, der stiehlt«, warf er nach einer Weile hin.

»Gut und Hof erbt man«, erwiderte Berg, »aber den Namen ›Dieb‹ trägt nur der, welcher ihn selbst verdient hat.«

Tord lachte leise. »Wenn nun jemand eine Mutter hat, die einen bittet und anfleht, das Verbrechen des Vaters auf sich zu nehmen. Und wenn einer dann dem Henker eine Nase dreht und in die Wälder flieht. Wenn einer um eines Fischnetzes willen, das er nie gesehen hat, für vogelfrei erklärt wird?«

Berg schlug mit der Faust auf den Steintisch. Er war wütend. Da hatte dieser schöne Jüngling sein ganzes Leben fortgeworfen. Weder Liebe noch Reichtum, noch Ansehen unter den Männern konnte er hinfür gewinnen. Die elende Fürsorge für Speise und Kleider war alles, was ihm blieb. Und der Tor hatte ihn, Berg den Riesen, einen Unschuldigen verachten lassen. Er fuhr ihn mit strengen Worten an, aber Tord wurde nicht einmal so bange, wie das kranke Kind vor der Mutter, wenn sie es schilt, weil es sich im Frühlinge beim Waten im Bache erkältet hat.

Auf einem der breiten, bewaldeten Berge lag ein dunkler Sumpfsee. Er war viereckig und hatte so gerade Ufer und so scharfe Winkel, als sei er von Menschen gegraben. Auf drei Seiten umschlossen ihn steile Felswände, an denen sich die Fichten mit armdicken Wurzeln anklammerten. Unten am Sumpfsee, wo die Rasenplagge nach und nach fortgespült worden war, guckten diese nackten und eigentümlich ineinander verschlungenen Wurzeln aus dem Wasser empor, einer unendlichen Menge Schlangen gleich, die auf einmal hatten aus dem See kriechen wollen, sich aber ineinander verwickelt hatten und so erstarrt waren. Oder war es eine Masse dunkelgewordener Skelette ertrunkener Riesen, die der Sumpfsee hatte auswerfen wollen? Arme und Beine krümmten sich umeinander, die langen Finger gruben sich sogar in den Felsen ein, um dort Halt zu finden, die ungeheuren Rippen bildeten Rundbogen, die uralte Bäume trugen. Es war jedoch vorgekommen, daß die eisenharten Arme, die stählernen Riesenfinger, mit denen die Fichten sich festhielten, nachgegeben hatten, und der gewaltige Nordwind einen Baum vom Bergkamme in weitem Bogen in den Sumpf geschleudert hatte. Mit der Spitze voran war er tief in den schlammigen Boden eingedrungen und dort stecken geblieben. Nun fand die Fischbrut einen guten Zufluchtsort zwischen seinen Zweigen, während die Wurzel, einem vielarmigen Ungeheuer gleich, über das Wasser emporragte und mit ihren schwarzen Wurzelzweigen dazu beitrug, den Sumpfsee häßlich und furchteinflößend zu machen. Auf der vierten Seite des Sumpfsees senkte sich das Gebirge. Dort trug ein kleiner schäumender Fluß sein Wasser fort. Ehe dieser Strom den einzig möglichen Weg finden konnte, mußte er zwischen Steinen und Erdschollen umhersuchen und bildete so eine kleine Welt von Inseln, von denen einige nur die Größe eines Erdhaufens hatten, andere hingegen wohl zwanzig Bäume trugen.

Hier, wo die umgebenden Felsen die Sonne nicht verdeckten, gedieh auch Laubholz. Hier standen durstige, graugrüne Erlen und Weiden mit glatten Blättern. Die Birke war da, wie sie überall zur Stelle ist, wo es gilt, das Nadelholz zu verdrängen, sowie der Faulbaum und die Eberesche, die die Waldwiesen einzufassen pflegen, sie mit Duft erfüllen und ihnen Anmut verleihen.

Hier beim Ausflusse gab es auch einen manneshohen Binsenwald, durch den das Sonnenlicht grün auf das Wasser fiel, wie es im eigentlichen Walde über das Moos fällt. Im Schilfe gab es freie Stellen, kleine, runde Teiche, und dort schwammen Wasserrosen. Die hohen Binsen sahen mit mildem Ernst auf diese empfindlichen Schönheiten nieder, die übellaunig ihre weißen Blätter und gelben Staubfäden in der lederharten Hülle verwahrten, sowie die Sonne sich nicht zeigen wollte. An einem sonnigen Tage kamen die Vogelfreien an diesen Teich, um zu angeln. Sie wateten nach zwei hohen Steinen im Binsenwalde hin und saßen dort, den großen, grüngestreiften Hechten, die dicht unter der Wasserfläche schliefen, Lockspeise hinwerfend.

Diese Männer, welche beständig im Gebirge und in den Wäldern umherstreiften, waren, ohne daß sie darum wußten, ebenso unter die Herrschaft der Naturmächte geraten, wie die Pflanzen und die Tiere. Bei Sonnenschein waren sie offenherzig und mutig, doch abends, sowie die Sonne untergegangen war, wurden sie still, und die Nacht, die ihnen viel größer und gewaltiger erschien als der Tag, machte sie beängstigend kraftlos. Nun versetzte das grüne Licht, das durch die Binsen fiel und das Wasser goldstreifig, braun und schwarzgrün färbte, sie in eine Art Wunderstimmung. Jegliche Aussicht war verdeckt. Bisweilen wogte das Schilf in kaum bemerkbarem Winde, die Binsen pfiffen und die langen, bandähnlichen Blätter schlugen ihnen ins Gesicht. Sie saßen in grauen Lederanzügen auf den grauen Steinen. Die verschiedenen Farben des Leders stimmten in der Schattierung mit den Steinen überein. Ein jeder sah den Kameraden in seiner stummen Unbeweglichkeit in ein Steinbild verwandelt. Doch drinnen im Schilfe schwammen Riesenfische, deren Rücken in allen Farben des Regenbogens glänzten. Als die Männer die Angeln auswarfen und die Ringe sich bis in die Binsen hinein ziehen sahen, schien es ihnen, als würde die Bewegung immer stärker, bis sie merkten, daß dies nicht allein von ihrem Wurfe herkam. Eine Nixe, halb Mensch, halb glitzernder Fisch, lag schlafend im Wasser. Sie lag auf dem Rücken mit dem ganzen Leibe unter der Wasserfläche. Die Wellen schmiegten sich so dicht an ihren Körper an, daß die Männer sie nicht eher erblickt hatten. Es waren ihre Atemzüge, die den Wellen nicht erlaubten, stille zu stehen. Doch es war nichts Wunderbares darin, daß sie da lag, und als sie im nächsten Augenblicke verschwunden war, wußten sie nicht recht, ob das Ganze nicht nur eine Sinnestäuschung gewesen war.

Das grüne Licht drang durch die Augen in das Gehirn wie ein sanfter Rausch. Die Männer starrten stumpfsinnig vor sich hin und sahen in den Binsen Gesichte, die sie einander nicht anzuvertrauen wagten. Aus dem Angeln wurde nicht viel. Der Tag war Träumereien und Offenbarungen gewidmet. Drinnen im Schilfe ertönten Ruderschläge, und sie schreckten aus einem Taumel auf. Im nächsten Augenblicke zeigte sich ein schwerer, kunstlos aus einem Stamme ausgehöhlter und in den Fugen mit Moos bewachsener Kahn mit Rudern so schmal wie Stöcke. Ein junges Mädchen, das Teichrosen geholt hatte, ruderte ihn. Sie hatte dunkelbraune, lange Zöpfe und große, dunkle Augen, war aber eigentümlich bleich. Doch ihre Blässe hatte einen rosa, keinen grauen Ton. Die Wangen hatten keine lebhaftere Farbe als das übrige Gesicht, die Lippen waren ebenfalls kaum röter. Sie trug eine Bluse von weißem Leinen und einen Ledergürtel mit goldenem Schlosse. Der Rock war blau mit rotem Saume. Sie ruderte dicht an den Vogelfreien vorüber, ohne sie jedoch zu sehen. Sie verhielten sich still, weniger aus Furcht entdeckt zu werden, als um sie wirklich gut sehen zu können. Sowie sie verschwunden war, wurden sie aus Steinbildern wieder zu Menschen und blickten einander lächelnd an.

»Sie war so weiß wie die Wasserrosen«, sagte der eine. »Sie war so dunkeläugig wie das Wasser dort hinten unter den Fichtenwurzeln.«

Sie waren so heiter, daß sie hätten lachen mögen, wirklich lachen, wie sie nie zuvor an diesem Sumpfe gelacht, so lachen, daß die Felswände widerhallten und die Wurzeln der Fichten sich vor Schreck lösten.

»Fandest du sie schön?« fragte der Riese.

»Oh, ich weiß es nicht, ich sah sie so flüchtig. Vielleicht war sie es.«

»Du wagtest sie natürlich nicht anzuschauen. Du hieltest sie wohl für die Nixe?«

Und wieder wurden die beiden von derselben unerklärlichen Lachlust ergriffen.

Tord hatte einmal als Kind einen Ertrunkenen gesehen. Er hatte die Leiche bei hellem Tage am Strande gefunden und sich gar nicht erschrocken, des Nachts aber hatte er entsetzliche Träume gehabt. Er sah in ihnen ein Meer, in dem ihm jede Woge einen Toten vor die Füße warf. Er sah auch alle Holme und Inseln der Schären mit Ertrunkenen bedeckt, die tot waren und dem Meere angehörten, sich aber dennoch bewegen und sprechen konnten und ihm mit den starren, weißen Händen drohten.

So ging es ihm auch jetzt. Das Mädchen, das er im Schilfe gesehen, erschien ihm im Traume. Er begegnete ihr am Boden des Sumpfsees, wo die Beleuchtung noch grüner war als in den Binsen, und er hatte dort Zeit zu sehen, daß sie schön war. Er träumte sich auf der großen Fichtenwurzel mitten in dem dunklen See sitzend, doch der Baum schwankte und schaukelte so, daß er manchmal ganz unter Wasser war. Da zeigte sie sich auf den kleinen Holmen. Sie stand unter den roten Ebereschen und lachte ihn aus. Im letzten Traumbilde brachte er es so weit, daß sie ihn küßte. Da war es Morgen, und er hörte Berg aufstehen, doch er hielt eigensinnig die Augen geschlossen, um weiter träumen zu können. Als er erwachte, war er wie schwindlig und betäubt von dem, was ihm über Nacht erschienen war. Er dachte nun viel mehr an die Maid als am Tage vorher. Gegen Abend fiel es ihm ein, Berg zu fragen, ob er ihren Namen wisse.

Berg blickte ihn wie prüfend an. »Es ist vielleicht am besten, daß du es gleich erfährst«, sagte er. »Es war Unn. Wir sind miteinander verwandt.«

Da wußte Tord, daß diese bleiche Maid an Bergs friedlosem Umherwandern in Gebirg' und Wald schuld war. Er suchte sich ins Gedächtnis zurückzurufen, was er von ihr wußte. Unn war die Tochter eines Freibauern. Ihre Mutter war tot, und sie führte das Regiment auf dem Hofe ihres Vaters. Dies gefiel ihr, denn sie war herrschsüchtig und hatte keine Lust, einen Mann zu nehmen.

Unn und Berg waren Geschwisterkinder, und es war schon lange das Gerede gegangen, daß Berg lieber bei Unn und ihren Mägden sitze und mit ihnen scherze, als auf seinem Hofe arbeite. Als bei Berg das große Weihnachtsgelage gegeben wurde, hatte seine Gattin einen Mönch aus Draksmark eingeladen, denn sie wollte, daß dieser Berg vorhalte, wie unrecht er tue, sie einer andern wegen zu vernachlässigen. Dieser Mönch war Berg und manchen andern seines Äußern wegen verhaßt. Er war sehr feist und vollständig weiß. Der seinen kahlen Scheitel umgebende Haarkranz, die Brauen seiner wässerigen Augen, die Gesichtsfarbe, die Hände und die Kutte, alles war weiß. Viele konnten seinen Anblick kaum ertragen.

Bei Tisch, in Gegenwart aller Gäste sagte nun dieser Mönch, denn er war furchtlos und glaubte, daß seine Worte größeren Eindruck machen würden, wenn viele sie hörten: »Man pflegt den Kuckuck den schlechtesten der Vögel zu nennen, weil er seine Jungen nicht im eigenen Neste aufzieht, doch hier sitzt ein Mann, der nicht für Haus und Kinder sorgt, sondern seine Lust bei einem fremden Weibe sucht. Ihn will ich den schlechtesten der Männer heißen.« – Unn stand da auf. »Dies, Berg, ist dir und mir gesagt«, rief sie aus. »Nie bin ich so beschimpft worden, aber mein Vater ist ja auch nicht hier.« Sie wollte gehen, doch Berg eilte ihr nach. »Rühre dich nicht!« sagte sie. »Ich will dich nicht mehr vor Augen sehen.« Er hielt sie in der Vorhalle auf und fragte, was er tun solle, damit sie bleibe. Mit funkelnden Augen hatte sie geantwortet, das müsse er selbst am besten wissen. Da ging Berg hinein und erschlug den Mönch.

Nun waren Berg und Tord mit denselben Gedanken beschäftigt, denn nach einer Weile sagte Berg: »Du hättest sie sehen sollen, als der weiße Mönch gefallen war. Meine Hausfrau versammelte die Kleinen um sich und verfluchte Unn. Sie wandte die Gesichter der Kinder ihr zu, damit sie sich stets derjenigen erinnern möchten, die ihren Vater zum Mörder gemacht. Doch Unn stand so ruhig und schön da, daß die Männer bebten. Sie dankte mir für die Tat und bat mich, gleich in die Wälder zu ziehen. Sie ermahnte mich, kein Räuber zu werden und zum Messer nur für eine ebenso gerechte Sache zu greifen.«

»Deine Tat hatte sie erhoben«, sagte Tord.

Hier stand Berg der Riese nun vor demselben, was ihn schon früher bei dem Knaben in Erstaunen versetzt hatte. Er war ein Heide, ja schlimmer als ein Heide, er verurteilte nie das, was unrecht war. Er kannte keine Verantwortlichkeit. Was kommen mußte, das geschah. Gott, Christus und die Heiligen kannte er, aber nur dem Namen nach, wie man die Götter fremder Länder kennt. Die Gespenster der Schären waren seine Götter. An die Geister der Toten hatte seine zauberkundige Mutter ihn glauben gelehrt.

Da unternahm Berg eine Arbeit, die ebenso töricht war, als wenn er sich einen Strick für seinen eigenen Hals gedreht hätte. Er zeigte den

Augen dieses Unwissenden den großen Gott, den Herrn der Gerechtigkeit, den Rächer der Missetaten, der die Schuldigen in die ewige Höllenpein niederstößt. Und er lehrte ihn Christus und seine Mutter lieben und die heiligen Männer und Frauen, welche mit erhobenen Händen vor Gottes Thron liegen, um den Zorn des großen Rächers von den Sündenscharen abzuwehren. Er lehrte ihn alles, was die Menschen tun, um Gottes Zorn zu versöhnen. Er beschrieb ihm die nach heiligen Stellen wallfahrenden Pilgerzüge, die sich selbst peinigenden Büßer und die Flucht der Mönche aus dem Weltleben.

Je länger er sprach, desto bleicher und aufmerksamer wurde der Knabe, und seine Augen erweiterten sich wie vor entsetzlichen Gesichten. Berg wollte aufhören, doch der Strom der Gedanken riß ihn fort und er mußte weitersprechen. Die Nacht senkte sich auf sie herab, die schwarze Waldesnacht, in der die Eulen und der Uhu kreischen. Gott kam ihnen so nahe, daß sie seinen Thron die Sterne verdunkeln und die Engel der Strafe sich bis auf die Waldgipfel herablassen sahen. Doch unter ihnen flackerten die Flammen der Unterwelt bis an die platte Scheibe der Erde und leckten gierig an diesem bebenden Zufluchtsorte des von Weh bedrückten Menschengeschlechts.

Der Herbst war gekommen und mit ihm der scharfe Sturm. Tord ging allein in den Wald hinaus, um die Dohnen und Fallen zu untersuchen. Berg blieb zu Hause, um seine Kleider zu flicken. Tords Weg ging eine bewaldete Höhe hinan. Es war ein breiter Pfad.

Jeder Windstoß, der durch die dichten Bäume dringen konnte, jagte das welke Laub in raschelnden Wirbeln den Weg entlang. Tord hatte einmal über das andere das Gefühl, daß jemand hinter ihm gehe. Er sah sich mehrmals um. Bisweilen blieb er stehen, um zu lauschen, doch sowie er sich überzeugt hatte, daß es der Wind und die Blätter waren, ging er weiter. Sowie er wieder im Gehen war, hörte er jemand in seidenen Schuhen den Hügel hinauftanzen. Kleine Kinderfüße kamen getrippelt. Elfen und Kobolde spielten hinter ihm. Wandte er sich um, so war da keiner, immer wieder keiner. Er drohte den raschelnden Blättern mit der Faust und ging weiter.

Sie waren dadurch nicht zum Schweigen gebracht, nahmen aber einen andern Ton an. Sie begannen hinter ihm zu schnauben und zu zischen. Eine große Kreuzotter schlängelte sich heran. Die geifernde Zunge hing ihr aus dem Munde, und der glänzende Leib hob sich blank gegen die dürren Blätter ab. Neben der Schlange tappte ein Wolf, ein großer, magerer »Graubein«, der sich anschickte, ihn im Nacken zu packen, sobald die Kreuzotter sich ihm zwischen die Füße schlängelte und ihn in die Ferse stach. Manchmal waren sie beide ganz still, wie um ihn unbemerkt einzuholen, doch gleich darauf verriet sie ihr Schnauben und Zischen, und bisweilen schlugen die Krallen des Wolfes klingend gegen einen Stein. Tord beschleunigte unwillkürlich seine Schritte, doch die Tiere eilten ihm nach. Als er glaubte, daß sie nur zwei Schritt hinter ihm seien und sich zum Sprunge anschickten, drehte er sich um. Dort war keiner, und das hatte er die ganze Zeit über gewußt.

Er setzte sich auf einen Stein, um sich auszuruhen. Da spielten die dürren Blätter zu seinen Füßen, wie um ihn zu erfreuen. Da waren sie, alle Blätter des Waldes: hellgelbes, kleines Birkenlaub, rotbunte Ebereschenblätter, die trockenen, schwarzbraunen Blätter der Ulme, die zähen, hellroten der Espe und die gelbgrünen der Palmweide. Verwandelt und verschrumpft, benarbt und eingebrochen waren sie und glichen nicht mehr den dunenweichen, hellgrünen, zarten Scheiben, die sich vor einigen Monaten den Knospen entrollt hatten.

»Sünder«, sagte der Knabe, »Sünder, nichts ist rein vor Gott. Die Flammen seines Zornes haben euch schon erreicht.« Als er weiter wanderte, sah er den Wald unter sich wie ein Meer im Sturm wogen, doch auf dem Pfade war es still und ruhig. Er aber hörte, was er nie vernommen. Der Wald war voller Stimmen.

Es tönte wie Flüstern, wie Klagelieder, wie grobe Drohungen, wie lautes Fluchen zu ihm herüber. Es lachte und es klagte, es war wie der Lärm vieler Leute. Dieses Unbekannte, das hetzte und aufreizte, prasselte und zischte, das etwas zu sein schien und doch nichts war, machte ihn wild. Er empfand wieder Todesangst, wie damals, als er auf dem Boden seiner Höhle lag und die Menschenjagd durch den Wald stürmte. Er hörte wieder das Knacken der Zweige, die schweren Schritte der Volksmenge, das Klirren der Waffen, die widerhallenden Rufe, das wilde, blutdürstige Stimmengewirr des Haufens.

Doch nicht nur dies allein lag im Waldessturme. Es lag darin noch etwas anderes, etwas noch Schrecklicheres: Stimmen, die er nicht deuten konnte, ein Gewirr von Lauten einer, wie es ihm schien, fremden Sprache. Er hatte gewaltigere Stürme als diesen durch Takelwerk und Taue brausen hören. Doch nie hatte der Wind auf einer so vielseitigen Harfe gespielt. Jeder Baum hatte seine Stimme, die Fichte sauste anders als die Espe, die Pappel nicht wie die Eberesche. Jede Kluft hatte ihren

Ton, das laute Echo jeder Bergwand seinen eigenen Klang. Und das Murmeln der Bäche sowie das Bellen der Füchse vermischten sich mit dem wunderlichen Waldessturme. Doch alles dies konnte er deuten, er hörte aber auch andere, noch seltsamere Laute. Und diese waren daran schuld, daß es in ihm um die Wette mit dem Sturme schrie, hohnlachte und jammerte.

Allein im Waldesdunkel hatte er sich stets gefürchtet. Er liebte das offene Meer und die nackten Klippen. Geister und Schatten schlichen zwischen den Bäumen umher.

Da auf einmal wußte er, wer im Sturm zu ihm sprach. Gott war es, der große Rächer, der Gott der Gerechtigkeit. Er verfolgte ihn um seines Kameraden willen. Er forderte, daß er den Mörder des Mönches der Rache überantworte.

Tord begann mitten im Sturm zu reden. Er sagte Gott, was er habe tun wollen, aber nicht vermocht. Er habe mit dem Riesen sprechen und ihn bitten wollen, sich mit Gott zu versöhnen, sei jedoch zu blöde gewesen. Die Schüchternheit habe ihn stumm gemacht. »Als ich erfuhr, daß ein gerechter Gott die Welt regiert«, rief er aus, »sah ich ein, daß er ein verlorener Mann ist. Ich habe Nächte hindurch über meinen Freund geweint. Ich wußte, daß Gott ihn findet, wo er sich auch verstecke. Doch ich vermochte weder zu reden, noch ihn dies einsehen zu lehren. Ich fand keine Worte, weil ich ihn so sehr liebe. Begehre nicht, daß ich mit ihm rede; fordere nicht, daß das Meer sich so hoch wie die Gebirge erhebe.«

Er verstummte, und die tiefe Stimme im Sturme, die ihm Gottes Stimme erschienen, schwieg. Es wurde auf einmal Windstille und grelles Sonnenlicht, ein Plätschern wie von Rudern und ein stilles Rascheln wie von steifen Schilfblättern. Diese milden Töne zauberten ihm Unns Bild hervor. – Der Vogelfreie kann nichts gewinnen, nicht Gut, nicht Frauen, nicht Ansehen bei den Männern. – Wenn er Berg verriete, würde er wieder unter den Schutz des Gesetzes aufgenommen werden. – Doch Unn mußte Berg lieben, nach allem, was er für sie getan. Aus allem diesen gab es keinen Ausweg.

Als der Sturm wieder zunahm, hörte er wieder Schritte hinter sich und von Zeit zu Zeit ein atemloses Keuchen. Jetzt wagte er sich nicht umzusehen, denn nun wußte er, daß er den weißen Mönch hinter sich hatte. Er kam vom Gelage in Bergs Halle, blutbespritzt und mit einem klaffenden Axthiebe in der Stirn. Und er flüsterte: »Gib ihn an, verrate ihn, rette seine Seele. Überantworte seinen Leib dem Scheiterhaufen, auf daß die Seele verschont bleibe. Überliefere ihn der langsamen Qual der Folter, damit seine Seele Zeit zur Reue habe.«

Tord lief. Alles dies Schreckenerregende, das an und für sich nichts war, wuchs, da es so unaufhörlich auf das Gemüt wirkte, zu einem großen Entsetzen heran. Er wollte ihm entfliehen. Als er zu laufen begann, erdröhnte wieder die tiefe, fürchterliche Stimme, die Gottes Stimme war. Gott selbst jagte ihn mit Schreckschüssen, damit er den Mörder ausliefere. Bergs Verbrechen erschien ihm abscheulicher als je zuvor. Ein waffenloser Mann war ermordet, ein Gottesmann mit blankem Stahle durchbohrt worden. Das hieß dem Herrn der Welt trotzen. Und der Mörder wagte zu leben! Er freute sich des Sonnenlichtes und der Früchte des Bodens, als sei der Arm des Allmächtigen zu kurz, ihn zu erreichen.

Er blieb stehen, ballte die Fäuste und stieß kreischend eine Drohung aus. Dann lief er wie ein Wahnsinniger aus dem Walde, dem Reiche des Schreckens, in das Tal hinab.

Tord brauchte sein Anliegen nur anzudeuten, gleich waren zehn Bauern bereit, ihm zu folgen. Es wurde beschlossen, daß Tord allein nach der Höhle zurückkehren solle, damit Berg keinen Verdacht schöpfe. Doch er sollte unterwegs Erbsen ausstreuen und so den Bauern den Weg zeigen. Als Tord in die Höhle trat, saß der Geächtete auf der Steinbank und nähte. Das Feuer gab schwaches Licht, und mit der Arbeit schien es nicht recht gehen zu wollen. Dem Knaben schwoll das Herz von Mitleid. Der herrliche Riese schien ihm arm und unglücklich zu sein. Und sein einziges Gut, das Leben, sollte ihm nun auch genommen werden. Er mußte weinen.

»Was ist das?« fragte Berg. »Bist du krank? Hast du dich gefürchtet?«

Zum erstenmale sprach da Tord über seine Furchtsamkeit. »Es war unheimlich im Walde. Ich hörte Geisterstimmen und sah Gespenster. Ich sah weiße Mönche.«

»Bei Gott, Bube!«

»Sie sangen mir auf dem ganzen Wege nach der Breitalp hinauf die Messe vor. Ich lief, aber sie begleiteten mich singend. Kann ich das Unwesen nicht los werden? Was habe ich mit ihnen zu schaffen? Ich meine, sie könnten einem, dem es nötiger ist, die Messe lesen.«

»Du bist heute abend wohl verrückt, Tord?«

Tord redete, ohne recht zu wissen, welcher Worte er sich bediente. Seine Schüchternheit hatte ihn verlassen. Die Rede floß ihm ungehemmt von den Lippen.

»Es sind weiße Mönche, weiße, leichenblasse. Alle haben Blut auf der Kutte. Sie ziehen die Kapuze in die Stirn, aber die Wunde leuchtet doch darunter hervor. Die große, rote, klaffende Wunde von dem Beilhiebe.«

»Die große, rote, klaffende Wunde von dem Beilhiebe?«

»Habe ich sie denn geschlagen? Weshalb soll ich sie sehen?«

»Das mögen die Heiligen wissen, Tord«, sagte der erbleichende Riese mit finsterm Ernste, »weshalb du Wunden von Beilhieben siehst. Ich erstach den Mönch mit einem Messer.«

Bebend und die Hände ringend stand Tord nun vor Berg. »Sie fordern dich von mir. Sie wollen mich zwingen, dich zu verraten.«

»Wer? Die Mönche?«

»Ja freilich, sie, die Mönche. Sie zeigen mir Gesichte. Sie zeigen mir Unn. Sie zeigen mir das glatte, sonnenbeglänzte Meer. Sie zeigen mir die Lagerplätze der Fischer, wo Tanz und Munterkeit herrscht. Ich schließe die Augen und sehe doch alles. Laßt mich zufrieden, sage ich. Mein Freund hat einen Mord begangen, aber er ist nicht schlecht. Laßt mich in Ruhe, so will ich mit ihm sprechen, damit er bereue und Buße tue. Er wird sein Unrecht einsehen und nach dem heiligen Grabe ziehen. Wir werden beide nach Orten pilgern, die so heilig sind, daß alle Sünde von dem genommen wird, der sich ihnen naht.«

»Was antworteten die Mönche darauf?« fragte Berg. »Sie wollen meine Absolution nicht. Sie wollen mich auf der Folterbank und auf dem Scheiterhaufen sehen.«

»Soll ich meinen teuersten Freund verraten? fragte ich sie«, fuhr Tord fort. »Er ist mein Alles auf der Welt. Er hat mich von dem Bären befreit, dessen Tatze mich an der Kehle packte. Wir haben zusammen gefroren und mancherlei Not gelitten. Er hat mich mit seinem eigenen Bärenfell zugedeckt, als ich krank war. Ich habe ihm Holz und Wasser geholt, seinen Schlaf bewacht und seine Feinde irregeführt. Weshalb halten sie mich für einen, der seine Freunde verrät. Mein Freund wird bald von selbst zum Priester gehen und ihm beichten, und dann begeben wir uns zusammen in das Land der Versöhnung.«

Berg lauschte ernst, die scharfen Augen forschend auf Tords Antlitz gerichtet. »Du sollst selbst zum Priester gehen und ihm die Wahrheit sagen. Du mußt wieder unter Menschen.«

»Was habe ich davon, wenn ich allein gehe? Um deiner Sünde willen verfolgen mich die Schatten und der Tote. Siehst du nicht, wie mir vor dir graut. Du hast gegen Gott selbst die Hand erhoben. Kein Verbrechen kommt dem deinen gleich. Ich meine, es müsse mich freuen, dich unter dem Rade zu sehen. Wohl dem, der hier auf Erden seine Strafe erhält und dem künftigen Zorne entgeht. Weshalb erzähltest du mir von dem gerechten Gotte? Du zwingst mich, dich zu verraten. Erlasse mir diese Sünde. Gehe zum Priester!« Und er sank vor Berg auf die Knie. Der Mörder legte ihm die Hand auf den Kopf und blickte ihn an. Er maß seine Sünde an der Angst des Gefährten, und sie wuchs vor seinem geistigen Auge zu fürchterlicher Größe heran. Er sah sich im Streite mit dem Willen, der die Welt regiert. Die Reue zog in sein Herz ein. »Weh mir, daß ich tat, was ich getan«, sagte er. »Was mich erwartet, ist zu schwer, als daß ich ihm freiwillig entgehen könnte. Überliefere ich mich den Priestern, so werden sie mich in stundenlangen Qualen foltern. Sie werden mich in langsamem Feuer braten. Und ist dieses elende Leben, das wir voll Angst und Not führen, nicht Buße genug? Habe ich nicht Haus und Hof verloren? Lebe ich nicht von Freunden und allem, was die Freude des Mannes ausmacht, getrennt? Wessen bedarf es mehr?«

Als er so redete, fuhr Tord in wildem Entsetzen auf. »Kannst du bereuen?« rief er aus. »Können meine Worte dein Herz bewegen? Komm sofort mit! Wie hätte ich dies ahnen können? Komm, laß uns fliehen! Noch ist es Zeit.«

Berg, der Riese, sprang ebenfalls auf. »Du hast es also getan –«

»Ja, ja, ja. Ich habe dich verraten. Doch komm schnell! Komm nun, da du bereuen kannst! Sie müssen uns gehen lassen. Wir werden ihnen entkommen.«

Der Mörder beugte sich da zum Boden herab, wo seine, ihm von den Vätern vererbte Streitaxt ihm zu Füßen lag. »Du, Sohn eines Diebes!« sagte er, die Worte zwischen den Zähnen hervorzischend. »Dir habe ich vertraut! Dich habe ich lieb gehabt!«

Da aber Tord ihn sich nach der Axt bücken sah, wußte er, daß es jetzt sein Leben galt. Er riß seine eigene Axt aus dem Gürtel und hieb auf Berg ein, ehe dieser sich aufrichten konnte. Die Scheide fuhr sausend durch die Luft in den niedergebeugten Kopf. Berg fuhr mit dem Haupte voran zu Boden, der ganze Leib fiel hinterdrein. Blut und Hirn spritzten hervor, das Beil fiel aus der Wunde. Zwischen den zottigen Haarbüscheln sah Tord eine große, rote, klaffende Wunde von einem Beilhiebe.

Nun stürmten die Bauern in die Höhle. Hocherfreut priesen sie die Tat.

»Jetzt steht deine Sache gut«, sagten sie zu Tord.

Tord blickte auf seine Hände nieder, als sehe er daran die Fesseln, an denen er dazu herbeigezogen worden war, den, welchen er liebte, zu töten. Sie waren wie die Bande des Fenrirwolfes aus nichts geschmiedet. Aus dem grünen Lichte im Schilfe, aus dem Spiel der Schatten im Walde, aus dem Gesange des Sturmes, aus dem Rascheln der Blätter, aus dem Zauber der Träume waren sie gemacht. Und er sagte laut: »Gott ist groß.«

Doch dann verfiel er wieder in seine früheren Gedanken. Er kniete neben der Leiche nieder und schob den Arm unter den Kopf des toten Freundes.

»Tut ihm nichts«, sagte er. »Er bereut, er will nach dem heiligen Grabe pilgern. Er ist nicht tot, doch fesselt ihn nicht. Wir wollten gerade gehen, als er fiel. Der weiße Mönch wollte wohl nicht, daß er bereuen solle, aber Gott, der Gott der Gerechtigkeit, liebt die Reue.«

Er blieb neben der Leiche liegen, sprach weinend mit dem Toten und bat ihn, zu erwachen. Die Bauern machten eine Bahre aus Speeren. Sie wollten die Leiche des Freibauern nach seinem Hofe tragen. Sie empfanden Ehrfurcht vor dem Toten und dämpften ihre Stimmen in seiner Nähe. Als sie ihn auf die Bahre hoben, stand Tord auf, schüttelte das Haar aus dem Gesichte und sprach mit vor Schluchzen bebender Stimme:

»Sagt Unn, die Berg, den Riesen, zum Mörder gemacht, daß Tord, der Fischer, dessen Vater Wrackplünderer und dessen Mutter eine Hexe ist, ihn erschlagen hat, weil er ihn lehrte, daß der Grundpfeiler dieser Erde Gerechtigkeit heißt.«

Das Steinmal

Es war um die Zeit des Jahres, da das Heidekraut in roter Blüte steht. Auf der sandigen Heide wuchs es in dichten Stauden. Von niedrigen, baumartigen Stämmen reckten sich dichtstehende grüne Zweige mit nadelharten, wetterfesten Blättern und kleinen, schwer welkenden Blüten empor. Diese schienen nicht aus gewöhnlichem saftigen Blütengewebe, sondern aus trockenen, harten Schuppen zu bestehen. An Größe und Form waren sie sehr unansehnlich, und mit ihrem Dufte war es auch nicht weit her. Als Kinder der offenen Ebene hatten sie sich nicht in der windstillen Luft entwickelt, wo die Lilien ihre Kelchblätter entfalten, oder gar in dem üppigen Erdreiche, aus dem die Rosen Nahrung für ihre schwellenden Kronen ziehen. Was sie zu Blumen machte, war eigentlich die Farbe, denn leuchtend rot waren sie. Farbenerzeugenden Sonnenschein hatten sie genug bekommen. Sie waren keine bleichen Kellerpflanzen, keine schattenliebenden Stubenhocker. Die segenspendende Heiterkeit und Kraft der Gesundheit lag über der ganzen großen, blühenden Heide.

Das Heidekraut bedeckte den mageren Boden mit seinem roten Mantel bis an den Rand des Waldes. Dort lagen auf einem sich schwach erhebenden Bergrücken einige uralte, halb zusammengestürzte Steinmale, und wie dicht das Heidekraut sich auch an diese zu schmiegen versuchte, so blieben dort oben dennoch Lücken in seinem Teppiche, durch welche große, flache Steinplatten, Fetzen der eigenen verwitterten Haut des Gesteins, hervorschimmerten. Unter dem größten der Male ruhte ein alter König, namens Atle. Unter den anderen schlummerten diejenigen seiner Krieger, die in der großen Schlacht auf der Heide gefallen waren. Jetzt hatten sie schon so lange dort gelegen, daß die Ehrfurcht und das Grauen vor dem Tode von ihren Gräbern gewichen war. Die Straße führte zwischen ihren Ruhestätten hindurch. Der nächtliche Wandrer dachte nie mehr daran, hinzusehen, ob in Nebel gehüllte Gestalten um Mitternacht oben auf den Steinmalen saßen und in schweigender Sehnsucht zu den Sternen emporstarrten.

Es war ein strahlender Morgen, taufrisch und sonnenwarm. Der Schütze, der seit Tagesgrauen auf der Jagd gewesen war, hatte sich hinter König Atles Grab in das Heidekraut niedergeworfen. Er lag auf dem Rücken und schlief. Den Hut hatte er über die Augen herabgezogen, und die lederne Jagdtasche, aus welcher die langen Ohren des Hasen und die gebogenen Schwanzfedern des Birkhahns hervorguckten, lag unter seinem Kopfe. Den Bogen und die Pfeile hatte er neben sich gelegt.

Aus dem Walde kam ein Mädchen mit einem Essensbündel in der Hand. Als sie die flachen Steinplatten zwischen den Steinmalen betrat, fiel ihr auf einmal ein, daß dies ein guter Tanzplatz sein müsse. Sie empfand große Lust, ihn zu probieren. Sie legte das Bündel in das Heidekraut und begann ganz mutterseelenallein zu tanzen. Davon, daß hinter dem Königsgrabe ein schlafender Mann lag, wußte sie nichts.

Der Schütze schlief noch immer. Glutrot erhob sich das Heidekraut gegen den grell tiefblauen Himmel ab. Der Ameisenlöwe hatte sein Loch dicht neben dem Schlafenden gegraben. Darin lag ein Stück Katzengold, das so hell funkelte, als wolle es alle alten Baumstümpfe der Heide in Brand stecken. Oben am Kopfe des Schützen breiteten die Birkhahnfedern sich wie ein Federbusch aus, und ihre metallischen Farben schillerten tiefpurpurrot und stahlblau. Auf dem unbeschatteten Teile seines Gesichts glühte brennender Sonnenschein. Er aber öffnete nicht die Augen, um den Vormittagsglanz zu schauen. Inzwischen fuhr das Mädchen fort zu tanzen und drehte sich so flink, daß die schwarzgewordene Mooserde, die sich in den Rillen der Steinplatten angesammelt hatte, um sie herum stob. Eine alte, dürre Föhrenwurzel lag ausgerissen im Heidekraut. Diese nahm sie auf und tanzte mit ihr. Aus dem vermorschten Holze flogen Späne. Tausendfüße und Ohrwürmer, die in den Ritzen gehaust hatten, stürzten sich kopfüber in die lichterfüllte Luft hinaus und bohrten sich zwischen den Wurzeln des Heidekrauts ein.

Wie die fliegenden Röcke das Heidekraut streiften, flatterten aus diesem Scharen von kleinen grauen Schmetterlingen auf. Diese, deren Flügel auf der Unterseite weiß und silberglänzend waren, wirbelten empor wie dürre Blätter bei einem Windstoße. Sie erschienen dabei ganz weiß, und es sah aus, als spritze aus dem roten Blütenmeere weißer Schaum auf. Die Schmetterlinge blieben eine kleine Weile in der Luft. Ihre zarten Flügel zitterten so heftig, daß Farbstoff sich ablöste und in feinen, silberweißen Stäubchen in das Heidekraut fiel. Da war es, als durchriesele sonnenbeglänzter Sprühregen die Luft. Ringsumher im Heidekraute rieben Grillen die Hinterbeine an den Flügeln, daß sie wie Harfensaiten erklangen. Sie hielten gut Takt und hatten sich so eingespielt, daß jeder, der über die Heide ging, auf dem ganzen Wege dieselbe Grille zu hören glaubte, obgleich sie sich bald rechts, bald links, bald vor, bald hinter ihm hören ließ. Die Tänzerin aber war nicht mit ihrem Spiele zufrieden, sondern begann nach einer Weile selber eine Tanzweise zu trällern. Ihre Stimme war gellend und rauh. Der Gesang weckte den Schützen. Er drehte sich nach der Seite, stützte sich auf den Ellenbogen und blickte über das Grab hinweg nach der Tanzenden hin.

Er hatte geträumt, daß der Hase, den er eben erlegt, aus der Tasche gesprungen sei und seine eigenen Pfeile ergriffen habe, um ihn zu erschießen. Er sah nun mit vom Schlafen im Sonnenscheine glühendem Kopfe halb wach und traumverwirrt nach dem Mädchen hin.

Sie war hochgewachsen und starkknochig, nicht hübsch, keine leichte Tänzerin und keine taktfeste Sängerin. Sie hatte volle Wangen, dicke Lippen und eine platte Nase. Sie hatte sehr rote Wangen, sehr dunkles Haar, eine sehr üppige Figur und sehr kraftvolle Bewegungen. Ihr Anzug war ärmlich, aber sehr bunt. Rote Litzen faßten den gestreiften Rock ein und farbige Wollschnüre verzierten die Taillennähte. Andre junge Mädchen gleichen Rosen und Lilien, sie aber war wie das Heidekraut, stark, munter und leuchtend.

Mit Vergnügen sah der Schütze das große buntgekleidete Mädchen auf der roten Heide zwischen spielenden Grillen und flatternden Schmetterlingen tanzen. Während er ihr zuschaute, lachte er so, daß sich seine Mundwinkel bis an die Ohren hinaufzogen. Da aber erblickte sie ihn plötzlich und blieb regungslos stehen.

»Du hältst mich wohl für verrückt«, war das erste, was sie zu sagen imstande war. Dabei grübelte sie darüber nach, wie sie ihn veranlassen könnte, zu verschweigen, was er gesehen hatte. Sie wollte nicht drunten im Dorfe darüber reden hören, daß sie mit einer Föhrenwurzel getanzt.

Er war ein wortkarger Mensch. Keine Silbe brachte er über die Lippen. Er war so schüchtern, daß er nichts Besseres zu tun wußte, als die Flucht zu ergreifen, obwohl er gern geblieben wäre. Schnell setzte er den Hut auf und nahm die Ledertasche auf den Rücken. Dann lief er zwischen den Heidekrautstauden fort.

Sie ergriff ihr Essensbündel und lief hinterdrein. Er war klein, ungewandt in seinen Bewegungen und augenscheinlich nicht sehr kräftig. Sie holte ihn bald ein und schlug ihm den Hut vom Kopfe, um ihn zum Stehenbleiben zu zwingen. Eigentlich hatte er die größte Lust dazu, aber er war ganz wirr vor Blödigkeit und entfloh mit noch größerer

Schnelligkeit. Sie eilte ihm nach und begann an seiner Tasche zu reißen. Da mußte er stehen bleiben, um diese zu verteidigen. Das Mädchen griff ihn mit aller Macht an. Sie rangen miteinander, und sie warf ihn zu Boden. »Nun erzählt er es niemand«, dachte sie erfreut. In demselben Augenblicke wurde ihr jedoch recht bange, denn der am Boden Liegende schien ganz bleich zu werden und verdrehte die Augen. Er hatte sich indessen in keiner Weise verletzt. Die Erregung war es, die er nicht vertrug. Noch nie hatten sich in diesem einsamen Waldbewohner so widerstreitende und so starke Gefühle geregt. Er freute sich über das Mädchen, er war böse auf sie, blöde und dennoch stolz, daß sie so stark war. Ihm wurde ganz schwindlig davon.

Die große, starke Jungfrau schob ihren Arm unter seinen Rücken und richtete ihn auf. Sie pflückte Heidekraut und schlug ihm mit den steifen Stengeln ins Gesicht, bis das Blut wieder in Bewegung kam. Als seine kleinen Augen sich dem Tageslichte wieder zuwandten, strahlten sie bei ihrem Anblicke vor Freude. Er schwieg noch immer, aber die Hand, die sie um ihn gelegt hatte, zog er hervor und streichelte sie leise.

Er war ein Kind des Darbens und vorzeitiger Anstrengungen. Hager und gelblichblaß, fleischlos und blutarm war er. Es rührte sie, daß er so schüchtern war, er, der doch etwa dreißig Jahre alt zu sein schien. Sie dachte, er müsse drinnen im Walde ganz einsam und allein leben, weil er so erbärmlich aussah und so schlecht gekleidet war. Er müsse wohl niemand haben, der für ihn sorgte, weder Mutter noch Schwester oder Liebste.

Der große barmherzige Wald bedeckte die Einöde. Verbergend und schützend nahm er alles bei ihm Hilfe Suchende in seinem Schoße auf. Mit hohen Stämmen hielt er Wacht vor der Höhle des Bären, und in der Dämmerung dichter Büsche verbarg er die mit Eiern gefüllten Nester der kleinen Vögel.

Um diese Zeit, als man noch Leibeigene hatte, flüchteten viele von diesen in den Wald und fanden hinter seinen grünen Mauern Schutz. Er wurde für sie ein großes Gefängnis, das sie nicht zu verlassen wagten. Der Wald hielt seine Gefangenen in strenger Zucht. Er zwang die Stumpfen zum Nachdenken und erzog die in der Sklaverei Heruntergekommenen zur Ordnung und Ehrlichkeit. Nur dem Fleißigen erlaubte er, zu leben.

Die beiden, die sich auf der Heide trafen, waren Nachkommen solcher Waldgefangener. Sie gingen manchmal in die angebauten, bewohnten Täler hinab, denn sie fürchteten nicht mehr, in die Sklaverei, der ihre Väter entflohen, zurückgeschleppt zu werden, doch am liebsten blieben sie drinnen im Waldesdunkel. Der Name des Schützen war Tönne. Sein eigentlicher Beruf war das Ausroden, aber er verstand sich auch auf andere Dinge. Er sammelte Späne zum Anheizen, kochte Teer, trocknete Zunder und ging oft auf die Jagd. Die Tänzerin hieß Jofrid. Ihr Vater war Köhler. Sie band Sträuße, sammelte Wacholderbeeren und braute Bier aus dem weißblühenden Porst. Sie waren beide sehr arm.

Sie waren einander in dem großen Walde bisher noch nie begegnet, jetzt aber kam es ihnen vor, als schlängelten sich alle Waldwege zu einem Netze zusammen, in dem sie hin und her liefen und einander unmöglich entgehen konnten. Sie wußten jetzt nie den Pfad zu finden, auf dem sie sich nicht trafen.

Tönne hatte einmal einen großen Kummer gehabt. Er hatte lange mit seiner Mutter in einer schlechten Reisighütte gelebt, doch sowie er erwachsen war, nahm er sich vor, ihr ein warmes Häuschen zu bauen. In all seinen Freistunden ging er zum Holzhauen, fällte Bäume und hieb sie in passende Stücke zurecht. Dann verbarg er das angehäufte Bauholz in dunklen Schluchten unter Moos und Zweigen. Es war seine Absicht, daß seine Mutter von all dieser Arbeit nicht eher etwas erfahren sollte, als bis er so weit war, daß er das Haus richten konnte. Doch seine Mutter starb, bevor er ihr hatte zeigen können, was er gesammelt hatte, ehe er ihr hatte sagen können, was er hatte tun wollen. Er, der ebenso eifrig wie David, Israels König, als er Schätze für Gottes Tempel sammelte, gearbeitet hatte, grämte sich hierüber über alle Maßen. Er verlor alle Baulust. Für ihn war die Reisighütte ja gut genug. Dennoch hatte er es in seinem Heim wenig besser als ein Tier in seiner Höhle. Wenn jetzt er, der bisher stets allein umhergeschlichen war, Lust verspürte, Jofrids Gesellschaft aufzusuchen, so bedeutete dies ganz gewiß, daß er sie gern zur Liebsten und Frau haben wollte. Jofrid erwartete denn auch täglich, daß er mit ihrem Vater oder mit ihr offen darüber sprechen würde. Aber hierzu war Tönne nicht imstande. Man merkte ihm an, daß er von Leibeigenen abstammte. Die Gedanken, die in seinem Kopfe zu finden waren, bewegten sich so langsam wie die Sonne, wenn sie am Himmel hinzieht. Und schwerer wurde es ihm, diese Gedanken in zusammenhängende Worte zusammenzufassen, als es einem Schmiede wird, von rollenden Sandkörnern ein Armband zu formen.

Eines Tages führte Tönne Jofrid nach einer der Schluchten, in denen er sein Bauholz versteckt hatte. Er entfernte die Zweige und das Moos und zeigte ihr die gefällten Balken. »Mutter sollte es haben«, sagte er.

Er sah Jofrid erwartungsvoll an. »Es sollte Mutters Häuschen werden«, wiederholte er. Merkwürdig langsam faßte diese Jungfrau die Gedanken eines jungen Mannes. Wenn er ihr Mutters Balken zeigte, mußte sie doch wohl begreifen, aber sie zeigte kein Verständnis.

Da beschloß er, seine Absicht noch deutlicher zu erklären.

Ein paar Tage darauf begann er, die Balken nach dem Platze zwischen den Steinmalen, wo er Jofrid zuerst gesehen hatte, hinaufzuschleppen. Sie kam, wie gewöhnlich, dort vorbei und sah ihn arbeiten. Doch ging sie weiter, ohne etwas zu sagen. Seit sie Freunde geworden waren, hatte sie ihm oft eine gute Handreichung geleistet, aber bei dieser schweren Arbeit schien sie ihm nicht helfen zu wollen. Tönne meinte jedoch, sie müsse verstanden haben, daß er jetzt ihr Haus zu bauen beabsichtige. Sie verstand es auch sehr gut, aber sie hatte keine Lust, sich einem Manne wie Tönne zu schenken. Sie wollte einen kräftigen, gesunden Mann haben. Ihrer Meinung nach würde es für sie ein schlechtes Auskommen werden, wenn sie sich mit einem verheiratete, der schwächlich und wenig begabt war. Dennoch zog sie vieles zu diesem schweigsamen, schüchternen Manne hin. Zu denken, daß er sich so abgemüht hatte, um seine Mutter zu erfreuen, und ihm das Glück, rechtzeitig fertig zu werden, nicht beschieden gewesen. Sie hätte seinetwegen weinen mögen. Und jetzt baute er das Häuschen gerade da, wo er sie hatte tanzen sehen. Er hatte wirklich ein gutes Herz. Und dies zog sie an und fesselte ihre Gedanken an ihn, aber heiraten wollte sie ihn durchaus nicht.

Jeden Tag ging sie über die Heide und sah das Haus entstehen, ärmlich und fensterlos, mit undichten Wänden, durch welche der Sonnenschein in das Innere drang. Tönnes Arbeit schritt außerordentlich schnell vorwärts, wurde aber nicht sorgfältig ausgeführt. Sein Bauholz war nicht behauen, kaum von der Rinde befreit. Zum Fußboden nahm er der Länge nach durchgehauene junge Bäume. Das wurde ein sehr unebener, schwankender Fußboden. Das darunter blühende Heidekraut – denn seit dem Tage, da Tönne schlafend hinter König Atles Grabmal gelegen hatte, war ein Jahr vergangen – zwängte sich in dreisten, roten

Büscheln durch die Ritzen, und die Ameisen gingen dort ungehindert aus und ein, dieses zerbrechliche Menschenwerk besichtigend.

Wohin Jofrid während dieser Tage auch ihre Schritte lenkte, begleitete sie der Gedanke, daß dort ein Haus für sie gebaut werde. Droben auf dem Heidesande wurde ihr ein eigenes Heim bereitet. Und sie wußte, daß, wenn sie nicht als Hausfrau hinzöge, Bären oder Füchse dort hausen würden. Denn so gut kannte sie Tönne, daß sie sich sagen konnte, er werde nie in das neue Haus einziehen, wenn er einsähe, daß er vergeblich gearbeitet. Er würde weinen, der Arme, wenn er erführe, daß sie dort nicht wohnen wolle. Es würde ihm ein neuer Kummer sein, ein ebenso großer wie der Tod seiner Mutter. Doch das hätte er sich selbst zuzuschreiben, da er sie nicht rechtzeitig gefragt hatte.

Sie glaubte, es ihm dadurch, daß sie ihm nicht beim Hausbau half, deutlich genug zu verstehen gegeben zu haben. Dennoch hatte sie eigentlich große Lust, ihm zu helfen. Jedesmal, wenn sie ihn weiches, weißes Rentiermoos sammeln sah, hätte sie mit sammeln mögen, um damit die Ritzen der undichten Wände zu verstopfen. Und gern hätte sie Tönne auch beim Aufmauern des Herdes geholfen. So wie er dabei verfuhr, würde sich aller Rauch im Hause ansammeln. Doch es war ja einerlei, wie die Arbeit ausfiel. Dort würde kein Essen kochen, kein Gebräu sieden. Unangenehm war es doch, daß ihr das Häuschen nicht aus dem Sinn wollte.

Tönne arbeitete mit glühendem Eifer, fest überzeugt, daß Jofrid seine Absicht verstehen werde, wenn das Haus nur erst fertig sei. Er zerbrach sich nicht viel den Kopf über sie. Er hatte genug mit Hauen und Zimmern zu tun. Die Zeit verging ihm rasch.

Als Jofrid eines Nachmittags über die Heide ging, sah sie, daß das Häuschen eine Tür und eine Steinplatte als Schwelle erhalten hatte. Da sagte sie sich, daß jetzt alles fertig sein müßte, und wurde sehr aufgeregt. Tönne hatte das Dach mit blühenden Heidekrautstauden gedeckt, und sie spürte große Sehnsucht, unter dieses rote Dach zu treten. Er war nicht auf dem Bauplatze, und sie entschloß sich, hineinzugehen. Das Häuschen war ja für sie gezimmert worden. Es war ihr Heim. Die Lust, es zu besehen, war unwiderstehlich.

Drinnen war es gemütlicher, als sie erwartet hatte. Der Fußboden war mit Wacholderreis bestreut. Frischer Duft von Fichtennadeln und Harz herrschte dort. Die Sonnenstrahlen, die spielend durch die Lücken und Ritzen fielen, zogen Lichtbänder durch die Luft. Es hatte den Anschein, als sei sie erwartet worden: in die Wandritzen waren grüne Zweige gesteckt worden, und im Herdloche stand eine frischgefällte Fichte. Tönne hatte sein altes Hausgerät nicht hierher gebracht. Dort stand nur ein neuer Tisch und eine Bank, über die ein Elchfell gebreitet war.

Sowie Jofrid über die Schwelle getreten war, fühlte sie sich von der heiteren Gemütlichkeit eines Heims umgeben. Ihr war friedlich und ruhig zumute, während sie dort stand, aber dort fortzugehen, erschien ihr ebenso schwer wie bei Fremden in Dienst zu treten. Jofrid hatte viel Fleiß darauf verwandt, sich eine Art Aussteuer anzufertigen. Sie hatte mit kunstfertiger Hand Wandbekleidungen, wie sie zum Schmücken eines Zimmers nötig sind, gewebt, und diese wollte sie bei sich aufhängen, wenn sie erst eine eigene Häuslichkeit hatte. Jetzt dachte sie darüber nach, ob diese Decken wohl hierher passen würden. Sie hätte sie gern in dem neuen Hause ausprobiert. Sie eilte schnell nach Hause, holte ihre aufgerollten Gewebe und begann die bunten Zeugstücke oben unter dem Dache zu befestigen. Sie öffnete die Tür, so daß die große Abendsonne sie und ihre Arbeit beschien. Sie lief eifrig im Hause hin und her, eilfertig, heiter, ein Soldatenliedchen trällernd. Herzlich zufrieden war sie. Es wurde hübsch drinnen. Die gewebten Rosen und Sterne leuchteten wie nie zuvor.

Während sie arbeitete, hielt sie fleißig Ausschau über die Heide und die Gräber, denn es fiel ihr ein, daß Tönne auch jetzt hinter einem der Steinmale versteckt liegen und sie auslachen könne. Das Königsgrab lag mitten vor der Tür, und hinter ihm sah sie gerade die Sonne untergehen.

Immer wieder sah sie dorthin. Sie hatte das Gefühl, daß dort jemand sitze und sie betrachte.

Gerade wie die Sonne so weit untergegangen war, daß nur einige blutrote Strahlen über den alten Steinhaufen hinweg fielen, sah sie, wer sie betrachtete. Das ganze Steinmal war kein Steinhaufen mehr, sondern ein großer, alter, ergrauter und narbenbedeckter Krieger, der dort saß und sie anstarrte. Rings um sein Haupt bildeten die Sonnenstrahlen eine Krone, und sein roter Mantel war so weit, daß er sich über die ganze Heide ausbreitete. Sein Kopf war groß und schwer, das Antlitz grau wie Stein. Sein Wams und seine Waffen waren ebenfalls steinfarbig und ahmten die Schattierungen und die Flechtenbekleidung der Steine so genau nach, daß man scharf hinsehen mußte, um zu merken, daß es ein Krieger und kein Steinhaufen war. Es war mit ihm, wie mit jenen Raupen, die Baumzweigen gleichen. Man kann zwanzigmal an ihnen vorübergehen, ehe man bemerkt, daß man einen weichen Insektenleib für hartes Holz gehalten hat.

Jofrid aber konnte sich nicht länger darüber hinwegtäuschen, daß dort der alte König Atle selber saß. Sie stand in der Tür, beschattete die Augen mit der Hand und blickte gerade in sein steinernes Gesicht hinein. Er hatte sehr kleine, schrägliegende Augen unter seiner hochgewölbten Stirn, eine breite Nase und einen starken Bart. Und dieser Steinmann lebte! Er blinzelte ihr lächelnd zu. Ihr wurde bange, und was sie am meisten erschreckte, waren seine dicken, muskulösen Arme und seine behaarten Hände. Je länger sie ihn ansah, desto mehr zog sich sein lächelnder Mund in die Breite, und schließlich erhob er einen der zentnerschweren Arme, um sie zu sich heranzuwinken. Da flüchtete Jofrid nach Hause.

Als aber Tönne heimkehrte und sein Haus mit steindurchwirkten Geweben tapeziert sah, wuchs ihm der Mut derartig, daß er seinen Freiwerber zu Jofrids Vater schickte. Dieser fragte Jofrid, wie sie darüber denke, und sie willigte ein. Sie war mit der Wendung, welche die Sache genommen hatte, sehr zufrieden, wenn sie auch ihr Jawort halb gezwungen gab. Nein konnte sie zu dem Manne, in dessen Haus sie bereits ihre Aussteuer gebracht, nicht sagen. Doch erst überzeugte sie sich, daß der alte König Atle wieder ein Steinhaufen geworden war.

Tönne und Jofrid lebten viele Jahre hindurch glücklich. Sie standen in gutem Rufe. »Es sind gute Menschen«, sagte man. »Seht, wie sie einander beistehen, wie sie zusammen arbeiten und einer nicht ohne den andern leben kann!«

Tönne wurde mit jedem Tage kräftiger, ausdauernder und aufgeweckter. Jofrid schien einen ganzen Mann aus ihm gemacht zu haben. Meistens ließ er sie bestimmen, aber er verstand auch, seinen eigenen Willen mit zähem Eigensinn durchzusetzen. Scherz und Frohsinn begleiteten Jofrid auf allen ihren Wegen. Ihr Anzug wurde immer bunter, je älter sie wurde. Ihr ganzes Gesicht war scharf gerötet. Doch in Tönnes Augen war sie schön.

Sie waren nicht so arm wie viele andere ihres Standes. Sie aßen Butter zur Grütze und backten weder Kleie noch Rinde in das Brot. Porstbier schäumte in ihren Krügen. Ihre Schafe und Ziegen vermehrten sich so schnell, daß sie sich Fleischkost gönnen konnten. Tönne führte einmal Ausladearbeit für einen Bauer im Tale aus. Als dieser ihn und seine Frau dabei so vergnügt zusammen arbeiten sah, dachte er wie mancher andere: »Sieh, das sind gute Menschen.«

Der Bauer hatte kürzlich seine Frau verloren, die ihm ein halbjähriges Kind hinterlassen hatte. Er bat Tönne und Jofrid, seinen Sohn in Pflege zu nehmen. »Das Kind ist mir sehr lieb«, sagte er, »daher übergebe ich es euch, denn ihr seid gute Menschen.«

Sie hatten keine eigenen Kinder, und es schien deshalb sehr richtig von dem Vater, daß er es ihnen anvertraute. Sie nahmen es auch ohne Zögern. Sie hielten es für vorteilhaft, das Kind eines Bauern zu erziehen, und hofften außerdem, im Alter an dem Pflegesohne eine Stütze zu haben. Das Kind wurde jedoch nicht alt bei ihnen. Ehe das Jahr noch um war, starb es. Manch einer schob dies auf die Pflegeeltern, denn, bevor es zu ihnen gekommen, war das Kind wirklich gesund gewesen. Hiermit wollte jedoch keiner sagen, daß sie es absichtlich getötet hätten, sondern vielmehr, daß sie etwas übernommen, was über ihr Können gegangen. Sie hatten weder genug Verstand noch Liebe besessen, um ihm die Pflege, deren es bedurfte, angedeihen zu lassen. Sie hatten sich daran gewöhnt, nur an sich zu denken und für sich zu sorgen. Sie hatten keine Zeit, ein Kind liebevoll zu pflegen. Am Tage wollten sie zusammen auf Arbeit gehen und nachts ungestört schlafen. Sie fanden, daß der Kleine zu viel von der guten Milch trinke, und gönnten ihm nicht so viel wie sich selber. Doch hatten sie selbst keine Ahnung davon, daß sie den Knaben schlecht behandelten. Sie glaubten ihn ebenso liebevoll zu pflegen, wie Eltern es tun. Eher kam es ihnen vor, als sei ihnen der Pflegesohn eine Strafe und eine Last. Sie grämten sich nicht, wie er starb.

Frauen pflegt das Umgehen mit Kindern ein großes Vergnügen und eine Freude zu sein, aber Jofrid hatte einen Mann, den sie in vielen Dingen mit mütterlicher Fürsorge umgeben mußte, und trachtete deshalb gar nicht danach, noch sonst jemand zu versorgen. Sie pflegen auch das schnelle Gedeihen der Kleinen mit großer Liebe zu beobachten; Jofrid aber hatte genug Freude daran, Tönne sich zu Verstand und Männlichkeit entwickeln zu sehen, in ihrem Häuschen zu putzen und zu scheuern, das Anwachsen der Herden zu beobachten und das neugerodete Feld, das sie auf der Sandheide angelegt hatten, zu bestellen. Jofrid ging nach dem Gehöfte des Bauern und teilte ihm mit, daß das Kind gestorben sei. Da sagte der Mann: »Jetzt ist es mir wie demjenigen gegangen, welcher so weiche Kissen in sein Bett legt, daß er bis auf den harten Boden einsinkt. Zu gut wollte ich meinen Sohn behüten, und sieh, nun ist er tot!« Und er war betrübt. Bei seinen Worten begann Jofrid bitterlich zu weinen. »Wollte Gott, daß du uns deinen Sohn nicht gegeben hättest!« sagte sie. »Wir waren zu arm. Er hat es nicht gut genug bei uns gehabt.«

»Das wollte ich nicht sagen«, antwortete der Bauer. »Eher glaube ich, daß ihr das Kind verzärtelt habt. Doch will ich niemand anklagen, denn über Leben und Tod entscheidet Gott allein. Jetzt gedenke ich, das Begräbnis meines einzigen Sohnes ebenso großartig zu feiern, als sei er schon erwachsen gewesen, und zu dem Leichenschmause lade ich sowohl Tönne wie dich ein. Daraus könnt ihr sehen, daß ich keinen Groll gegen euch hege.«

Dann waren Tönne und Jofrid beim Leichenschmause zugegen. Sie wurden gut bewirtet, und niemand sagte ihnen ein unfreundliches Wort. Die Leichenkleiderinnen hatten freilich erzählt, daß die kleine Leiche erbärmlich abgezehrt gewesen sei und Spuren von großer Vernachlässigung getragen habe. Doch daran konnte auch Krankheit schuld sein. Keiner wollte von den Pflegeeltern Böses glauben, denn man mußte ja, daß es gute Menschen waren. Jofrid weinte während dieser Tage viel, besonders wenn sie Frauen davon erzählen hörte, wie sie ihrer kleinen Kinder wegen wachen und sich abmühen müßten. Sie merkte auch, daß bei den auf der Begräbnisfeier anwesenden Frauen beständig von Kindern die Rede war. Einige waren so kinderlieb, daß sie gar nicht aufhören konnten, von den Fragen und Spielen der Kleinen zu erzählen. Jofrid hätte gern von Tönne gesprochen, aber die meisten redeten nie von ihren Männern.

Abends spät kehrten Jofrid und Tönne von der Leichenfeier heim. Sie gingen sofort zu Bett. Doch sie waren kaum eingeschlafen, als sie durch ein leises Wimmern gestört wurden. »Es ist das Kind«, dachten sie noch halb im Schlafe und ärgerten sich über die Störung. Doch plötzlich fuhren sie alle beide im Bette in die Höhe. Das Kind war ja tot. Woher kam denn dieses Wimmern? Wie sie ganz wach waren, hörten sie nichts, aber sowie sie im Begriffe waren, einzuschlafen, hörten sie es wieder. Kleine, unsichere Füße trippelten auf den Steinplatten vor dem Hause, eine kleine Hand tastete an der Tür umher, und da diese verriegelt war, wanderte das Kind, wimmernd und tastend, längs der Wand hin, bis es draußen vor ihrer Schlafstätte stehen blieb. Sobald sie sprachen oder aufrecht saßen, vernahmen sie nichts, doch wenn sie schlafen wollten, hörten sie deutlich die unsicheren Schritte und das erstickte Schluchzen.

Was sie nicht hatten glauben wollen und was ihnen trotzdem in den letzten Tagen als Möglichkeit vorgeschwebt hatte, ward ihnen jetzt zur Gewißheit. Sie sahen ein, daß sie das Kind getötet hatten. Woher könnte es sonst Macht haben, zu spuken?

Seit jener Nacht war alles Glück von ihnen gewichen. Sie lebten in ständiger Furcht vor dem Gespenste. Bei Tage hatten sie allerdings vor ihm Ruhe, nachts aber wurden sie von dem Wimmern und dem erstickten Schluchzen des Kindes derartig gestört, daß sie nicht allein zu schlafen wagten. Jofrid ging oft weite Wege, um jemand zu holen, der die Nacht über bei ihnen bleiben konnte. Kam ein Fremder, so blieb alles ruhig, doch sowie sie allein waren, hörten sie das Kind. Eines Nachts, als sie keinen zur Gesellschaft gefunden hatten und des Kindes wegen nicht schlafen konnten, stand Jofrid wieder auf.

»Schlaf’ du, Tönne«, sagte sie, »wenn ich wach bleibe, wird sich nichts hören lassen.«

Sie ging hinaus, setzte sich auf die Steinschwelle und sann darüber nach, was sie tun sollten, um Ruhe zu finden, denn so konnten sie nicht weiterleben. Sie grübelte darüber nach, ob Beichte und Buße, Demut und Reue sie von dieser schweren Heimsuchung befreien könnten. Da geschah es, daß sie die Augen erhob und wieder, wie schon einmal von diesem Platze aus, dieselbe Erscheinung erblickte. Das Grabmal war zum Krieger geworden. Die Nacht war ziemlich dunkel, aber trotzdem konnte sie deutlich sehen und merken, daß der alte König Atle dort saß und sie betrachtete. Sie sah ihn so deutlich, daß sie die bemoosten Armringe um seine Handgelenke unterscheiden und gewahren konnte, daß seine Beine mit Kreuzbändern umwunden waren, zwischen denen die Muskeln hervortraten.

Diesmal erschreckte der Alte sie nicht. Er schien ihr ein Tröster und Freund im Unglück. Er sah sie gleichsam mitleidig an, als wolle er ihr Mut einflößen. Sie dachte dann daran, daß der gewaltige Krieger auch einen Tag erlebt, an welchem er haufenweise die Feinde auf der Heide niedergemacht hatte und in den Blutströmen, die zwischen den Heidekrautstauden geflossen, gewatet war. Was hatte er da nach einem Toten mehr oder weniger gefragt? Hätte das Weinen der Kinder, deren Väter er erschlug, sein Herz rühren können? Federleicht hätte die Bürde, ein

Kind getötet zu haben, ihm auf dem Gewissen gelegen. Und sie hörte ihn das flüstern, was das Heidentum jederzeit geflüstert hat. »Weshalb bereuen? Die Götter sind es, die alles lenken. Die Nornen spinnen den Lebensfaden. Warum sollen Erdenkinder sich grämen, daß sie getan, wozu die Unsterblichen sie gezwungen haben?«

Da ermannte Jofrid sich und sagte zu sich selbst: »Kann ich dafür, daß das Kind gestorben ist? Gott allein entscheidet über unser Geschick. Nichts geschieht ohne seinen Willen.« Und sie dachte, daß sie das Gespenst durch Fernhalten jeglicher Reue am ersten zur Ruhe bringen würde.

Doch jetzt öffnete sich die Haustür und Tönne trat zu ihr hinaus. »Jofrid«, sagte er, »nun ist es drinnen im Hause. Es klopfte auf den Bettrand und weckte mich. Was sollen wir tun, Jofrid?«

»Das Kind ist ja tot«, erwiderte Jofrid. »Du weißt, daß es tief unter der Erde liegt. All dieses ist nur Traum und Einbildung.« Sie sagte es hart und abweisend, denn sie fürchtete, daß Tönne in dieser Angelegenheit zu weichherzig sein und sie beide dadurch ins Unglück bringen würde.

»Wir müssen dem ein Ende machen«, erklärte Tönne.

Jofrid lachte unheimlich. »Was willst du anfangen? Gott hat es über uns verhängt. Hätte er das Kind nicht leben lassen können, wenn er gewollt? Er wollte es nicht, und nun sucht er uns des Toten wegen heim. Sag' mir, mit welchem Rechte sucht er uns heim?« Sie entlehnte ihre Worte von dem alten Steinkrieger, der finster und hart auf seinem Grabe saß. Es war, als gäbe er ihr alles, was sie Tönne antwortete, ein.

»Wir müssen bekennen, daß wir das Kind vernachlässigt haben, und Buße tun«, erwiderte Tonne.

»Niemals will ich für etwas, das nicht meine Schuld ist, leiden«, sagte Jofrid. »Wer wollte den Tod des Kindes? Ich nicht, ich nicht. Was für Buße willst du tun? Willst du dich geißeln oder fasten wie die Mönche. Ich meine, du brauchst deine Kräfte für die Arbeit.«

»Ich habe es schon mit dem Geißeln versucht«, antwortete Tönne. »Es nützt nichts.«

»Siehst du!« rief sie und lachte wieder.

»Dazu gehört mehr«, fuhr Tönne mit energischer Entschlossenheit fort. »Wir müssen bekennen.« – »Was willst du Gott sagen, das er nicht weiß«, höhnte Jofrid. »Lenkt er nicht deine Gedanken, Tönne? Was willst du ihm sagen?« Tönne kam ihr jetzt dumm und eigensinnig vor.

So war er ihr im Anfange ihrer Bekanntschaft erschienen, später aber hatte sie nie mehr daran gedacht, sondern ihn seines guten Herzens wegen liebgehabt.

»Wir wollen es dem Vater bekennen, Jofrid, und ihm Bußgeld zahlen.«

»Was willst du ihm anbieten?« fragte sie.

»Das Haus und die Ziegen.«

»Ganz gewiß fordert er für seinen einzigen Sohn volle Mannesbuße. Die können wir mit allem, was wir besitzen, nicht erlegen.«

»Wir überliefern ihm uns selber als Leibeigene, wenn er nicht mit weniger zufrieden ist.«

Bei diesen Worte wurde Jofrid von starrer Verzweiflung ergriffen, und sie haßte Tönne aus tiefster Seele. Alles, was sie verlieren sollte, stand ihr deutlich vor Augen. Die Freiheit, für welche die Vorfahren das Leben gewagt, das Häuschen, der Wohlstand, die Ehre und das Glück.

»Höre auf meine Worte, Tönne«, sagte sie heiser, halberstickt vor Schmerz, »der Tag, an dem du dies tust, wird mein Todestag sein.«

Dann wurde zwischen ihnen kein Wort mehr gewechselt, aber sie blieben auf der Schwelle sitzen, bis der Tag anbrach. Keiner fand ein besänftigendes, versöhnendes Wort. Sie fürchteten und verachteten einander. Einer maß den andern mit dem Maße seines Zornes, und sie fanden sich gegenseitig engherzig und schlecht. Nach jener Nacht konnte Jofrid sich nicht enthalten, Tönne ihre Überlegenheit fühlen zu lassen. Sie gab ihm in Gegenwart Fremder zu verstehen, daß er einfältig sei, und half ihm bei der Arbeit so, daß er sehen mußte, wie kräftig sie war. Sie wollte ihm sichtlich die Hausherrngewalt nehmen. Manchmal stellte sie sich sehr heiter, um ihn zu zerstreuen und ihn am Grübeln zu hindern. Er hatte nichts getan, um seinen Plan ins Werk zu setzen, aber sie glaubte nicht, daß er ihn aufgegeben.

Während dieser Zeit wurde Tönne mehr und mehr wieder so, wie er vor seiner Heirat gewesen war. Er wurde mager und bleich, wortkarg und schwerfällig. Jofrids Verzweiflung wurde täglich größer, denn es war ihr, als sollte ihr nun alles genommen werden. Ihre Liebe zu Tönne erwachte jedoch wieder, als sie ihn unglücklich sah. »Was ist mir alles andere wert, wenn Tönne zugrunde geht?« dachte sie. »Es ist besser mit ihm in die Sklaverei gehen, denn ihn als freien Mann sterben zu sehen.«

Jofrid konnte sich indessen nicht mit einem Male entschließen, Tönne nachzugeben. Sie hatte einen langen, schweren Kampf mit sich auszukämpfen. Eines Morgens aber erwachte sie außergewöhnlich ruhig und sanftmütig. Da meinte sie, jetzt tun zu können, was er verlangte. Und sie weckte ihn und sagte ihm, jetzt solle geschehen, was er gewollt. Nur einen einzigen Tag möge er ihr noch gönnen, damit sie von ihrer ganzen Habe Abschied nehmen könne.

Den ganzen Vormittag ging sie eigentümlich sanft umher. Die Tränen traten ihr leicht in die Augen, wie bei jemand, der Abschied nimmt. Die Sandheide schien ihr heute ihretwegen besonders schön zu sein. Der Frost war über sie hingefahren, die Blumen waren fort, und das ganze Heidekrautfeld hatte eine braune Farbe angenommen. Doch wie die Sonne des Herbsttages ihre schrägen Strahlen darüber hingleiten ließ, schien das Heidekraut wieder rot zu glühen. Und sie gedachte des Tages, an dem sie Tönne zum erstenmal gesehen.

Sie wünschte den alten König noch einmal zu sehen, denn er hatte ja ihr Glück schaffen helfen. Sie war in letzter Zeit ernstlich bange vor ihm gewesen. Ihr war zumute gewesen, als laure er auf sie, um sie zu greifen. Doch jetzt, glaubte sie, würde er keine Macht mehr über sie haben. Sie wollte abends, wenn der Mond aufging, aufpassen, ob sie ihn nicht sähe.

Um die Mittagszeit zogen einige umherwandernde Spielleute am Hause vorbei. Da verfiel Jofrid auf den Gedanken, sie zu bitten, den ganzen Nachmittag bei ihnen zu bleiben, denn jetzt wollte sie noch einmal ein Fest geben. Tönne mußte schleunigst zu ihren Eltern gehen und sie einladen. Nachher liefen ihre kleinen Geschwister ins Dorf hinunter, um Gäste zu holen. Bald war eine große Gesellschaft zusammen.

Es ging sehr lustig her. Tönne blieb meistens in der Ecke, wie er es gewöhnlich tat, wenn Besuch da war, aber Jofrid war beinahe wild in ihrer Ausgelassenheit.

Mit gellender Stimme führte sie die Reigen an und war unermüdlich darin, den Gästen schäumendes Bier anzubieten. Eng war es in der Stube, aber die Spielleute waren gewandt, und es wurde mit Lust und Leben getanzt. Es wurde erstickend heiß drinnen. Die Tür wurde aufgerissen und auf einmal sah Jofrid, daß die Nacht gekommen und der Mond aufgegangen war. Da trat sie in die Haustür und blickte in die weiße Welt des Mondlichtes hinaus.

Es hatte stark getaut. Dadurch, daß das Mondlicht sich in den dichten Tropfen, die auf allen Zweigen des Heidekrauts lagen, spiegelte, erschien die ganze Heide weiß. Das kurze Moos, das ringsumher auf Steinplatten und Blöcken wuchs, war schon gefroren und bereift. Jofrid trat darauf, es ging sich angenehm weich auf dem Moose. Sie legte auf dem nach dem Dorfe führenden Fußpfade ein paar Schritte zurück, als wollte sie prüfen, welch ein Gefühl es sein würde, dort hinzugehen. Tönne und sie würden am nächsten Tage Hand in Hand diesen Weg wandern, um der größten Schande entgegenzugehen. Denn wie das Zusammentreffen mit dem Bauern auch ablaufen, was er nehmen und was er sie behalten lassen würde, ganz gewiß würde Schande ihr Los sein. Sie, die heute abend noch ein gutes Haus und viele Freunde hatten, würden am nächsten Tage von allen verabscheut werden, vielleicht auch alles dessen, was sie erworben, beraubt sein und am Ende sogar als ehrlose Leibeigene dienen müssen. Sie sagte sich selbst: »Dies ist der Weg des Todes.« Und jetzt konnte sie nicht fassen, wie sie die Kraft haben würde, ihn zu wandern. Es war ihr, als sei sie von Stein, ein schweres Steinbild wie der alte König Atle. Obgleich sie lebte, war ihr zumute, als werde sie ihre schweren Steinglieder nicht heben können, um diesen Weg zu gehen. Sie wandte ihre Augen nach dem Königsgrabe und sah den alten Krieger deutlich dort sitzen. Doch in dieser Nacht war er wie zum Feste geschmückt. Er trug nicht mehr das graue bemooste Steingewand, sondern weißes, schimmerndes Silber. Jetzt trug er wieder eine Strahlenkrone wie damals, als sie ihn zuerst gesehen hatte, aber diese war weiß. Und weiß glänzten Brustplatte und Armring, glitzernd weiß Schwertgriff und Schild. Er betrachtete sie mit stummer Gleichgültigkeit. Das seltsam Unergründliche, das man bei großen Steinbildern findet, lag jetzt über ihm. Dort saß er finster und mächtig, und Jofrid hatte eine schwache, dunkle Ahnung davon, daß er ein Bild von etwas in ihr und in allen Menschen sei, von etwas, das vor vielen Jahrhunderten begraben, mit vielen Steinen zugedeckt und dennoch nicht tot war. Sie sah ihn, den alten König, mitten im Menschenherzen sitzen. Über dessen unfruchtbares Feld breitete er seinen weiten Königsmantel. Dort tanzte die Genußsucht, dort jubelte die Prachtliebe. Er war der große Steinkrieger, der Not und Armut vorbeiwandern sah, ohne daß sein Herz gerührt wurde. Er war der starke Steinmann, der ungesühnte Sünde tragen konnte, ohne unter der Last zusammenzubrechen. Stets sagte er: »Warum dich über das, was du, von den Unsterblichen gezwungen, getan, noch grämen?«

Jofrids Brust hob sich unter einem Seufzer, der so tief war wie ein Schluchzen. Sie hatte eine Ahnung, die sie sich nicht erklären konnte, die Ahnung, daß sie mit dem Steinmanne würde kämpfen müssen, wenn sie glücklich werden sollte. Gleichzeitig aber fühlte sie sich so hilflos schwach. Ihre Unbußfertigkeit und der Steinmann draußen auf der Heide schienen ihr ein und dasselbe, und könnte sie jene nicht besiegen, so würde dieser auf irgendeine Weise Macht über sie erlangen.

Wenn sie dann wieder nach dem Hause hinsah, wo die Gewebe unter den Dachbalken leuchteten, die Spielleute zur Lustigkeit anfeuerten und alles, was sie liebte, weilte, dann fühlte sie, daß sie nicht in die Sklaverei gehen könne. Nicht einmal um Tönnes willen konnte sie es. Sie sah sein bleiches Gesicht drinnen in der Stube und fragte sich mit zusammengekrampftem Herzen, ob er es wert sei, daß sie ihm alles opfere.

Drinnen in der Stube aber hatten die Leute sich zum Reigentanze aufgestellt. Sie bildeten eine lange Reihe, faßten einander bei der Hand und stürmten, mit einem wilden, starken Jüngling an der Spitze, in wirbelnder Fahrt vorwärts. Der Anführer zog sie durch die offene Tür auf die mondbeglänzte Heide hinaus. Sie stürmten an Jofrid vorbei, keuchend und wild, über Steine stolpernd, in das Heidekraut fallend, weite Kreise um das Haus ziehend und wilde Schwenkungen um die Steinmale machend. Der letzte der Reihe rief Jofrid an und streckte ihr die Hand hin. Sie ergriff sie und lief mit.

Tanz war es nicht, nur ein tolles Vorwärtsstürmen, aber es war Fröhlichkeit, Lebenslust und Mutwille darin. Die Schwenkungen wurden immer tollkühner ausgeführt, die Rufe ertönten immer lauter, und das Gelächter wurde immer stürmischer. Die lange Reihe der Tanzenden schlängelte sich von einem der auf der Heide zerstreut liegenden Male zum andern. Die bei den heftigen Schwenkungen Fallenden wurden emporgerissen, die Langsamen vorwärtsgetrieben, die Spielleute standen in der Haustür und fachten den Taumel an. Zum Ausruhen, Denken oder Vorsehen war keine Zeit. Der Tanz ging mit immer toller werdender Fahrt über weiches Moos und glatte Steinplatten hin. Bei allem diesen fühlte Jofrid immer deutlicher, daß sie die Freiheit behalten und lieber sterben, als sie verlieren wolle. Sie sah ein, daß sie nicht imstande war, Tönne zu folgen. Sie dachte daran, zu fliehen, in den Wald zu eilen und nie wiederzukehren.

Alle Gräber außer König Atles Mal hatten sie schon umkreist. Jofrid sah, daß es jetzt nach diesem hinaufging, und richtete den Blick scharf auf die hohe Gestalt. Da sah sie den Steinmann seine Riesenarme nach den Vorwärtsstürmenden ausstrecken. Sie schrie laut auf, aber Gelächter antwortete ihr. Sie wollte stehen bleiben, aber eine starke Faust riß sie mit fort. Sie sah ihn nach den Vorbeieilenden greifen, aber diese waren so schnell, daß die schweren Arme keinen von ihnen erhaschen konnten. Es war ihr unfaßbar, daß keiner ihn sah. Sie aber wurde von Todesangst ergriffen. Sie dachte, daß er sie greifen werde. Auf sie hatte er ja schon jahrelang gelauert. Nach den anderen griff er nur zum Scherz. Sie war es, deren er sich jetzt endlich bemächtigen wollte.

Nun kam die Reihe, an König Atle vorbeizueilen, an sie. Sie sah, wie er sich erhob und sich zum Sprunge vorbeugte, um Ernst zu machen und sie zu fangen. In dieser äußersten Not fühlte sie, daß er keine Macht haben würde, sie zu ergreifen, wenn sie sich nur entschließen könnte, morgen den Weg der Buße zu gehen, aber das konnte sie nicht. – Sie war die letzte und bei ihr waren die Schwenkungen so heftig, daß sie mehr mitgeschleppt und mitgerissen wurde, als selber lief und sie alle Kraft aufbieten mußte, um nicht zu fallen. Und obgleich sie wie der Wind an ihm vorübereilte, war ihr der alte Krieger dennoch zu schnell. Die schweren Arme senkten sich auf sie herab, die Steinhände griffen sie, sie wurde an die mit silbernem Harnisch bekleidete Brust gezogen. Die Todesfurcht senkte sich immer tiefer auf sie herab, aber sie wußte noch bis zuletzt, daß König Atle sie in seine Gewalt bekommen, weil sie den Steinkönig in ihrem eigenen Herzen nicht hatte besiegen können.

Tanz und Ausgelassenheit nahmen ein jähes Ende. Jofrid lag im Sterben. Sie war beim heftigen Laufen gegen das Königsgrab geschleudert worden und seine Steinblöcke hatten ihr den Tod gebracht.

Reors Sage

Er hieß Reor. Er war aus Fuglekärr im Svarteborger Kirchspiele und galt für den besten Schützen des Bezirks. Er wurde getauft, als König Olof den alten Glauben in Viken[1] ausrottete, und war von da an ein eifriger Christ. Er war freigeboren, aber arm, schön, aber nicht groß, stark, aber sanft. Er zähmte junge Pferde mit Wort und Blick allein und konnte mit einem Zurufe kleine Vögel zu sich heranlocken. Er hielt sich beinahe beständig im Walde auf, und die Natur hatte große Macht über ihn. Das Wachsen der Pflanzen und das Knospen der Bäume, das Spiel der Hasen in den Waldeslichtungen und das Springen des Barsches in dem abendstillen See, der Streit der Jahreszeiten und der Wechsel der Witterung waren die Hauptereignisse seines Lebens. Dies machte ihm Freude und Kummer, und nicht das, was sich bei den Menschen zutrug.

Eines Tages machte der geschickte Jäger einen guten Fang. Er traf tief drinnen im dichten Walde einen alten Bären und erlegte ihn mit einem einzigen Schusse. Die scharfe Spitze des großen Pfeiles drang gerade in das Herz des Gewaltigen, und er sank tot vor den Füßen des Jägers nieder. Es war Sommer und der Pelz des Bären war weder dicht noch glatt, doch der Schütze zog ihn ab, rollte ihn zu einem harten Bündel zusammen und ging mit dem Bärenfell auf dem Rücken weiter.

Er war noch nicht weit gegangen, als er einen außerordentlich starken Honigduft verspürte. Dieser kam von den kleinen blühenden Pflanzen, die den Boden bedeckten. Sie wuchsen auf dünnen Stengeln, hatten hellgrüne, glatte Blätter, die wunderhübsch geädert waren, und an der Spitze eine kleine Dolde, welche dicht mit weißen Blüten besetzt war. Ihre winzigen Kronen waren im kleinsten Maßstabe ausgeführt, doch aus ihnen trat ein kleiner Büschel von Staubfäden hervor, deren mit Blütenstaub gefüllte Staubbeutel auf weißen Saiten zitterten. Während Reor zwischen ihnen hindurchging, fiel ihm ein, daß diese einsam und unbemerkt im Waldesdunkel stehenden Blumen Botschaft über Botschaft, Ruf auf Ruf aussendeten. Der starke, honigsüße Duft war ihr Ruf, er verbreitete die Kunde von ihrem Dasein weit zwischen die

---

1   Viken, jetzt Bohuslän – Küstenstrecke von der Mündung der Götaelf bis zum Iddefjorden an der norwegischen Grenze.

Bäume hinein und hoch bis in die Wolken hinauf. Doch in dem schweren Dufte lag etwas Beängstigendes. Die Blumen hatten ihren Becher gefüllt und ihren Tisch in Erwartung ihrer geflügelten Gäste gedeckt, aber keiner kam. Sie sehnten sich zu Tode in der drückenden Einsamkeit, in dem dunklen, vor Wind geschützten Waldesdickicht.

Sie schienen weinen und klagen zu wollen, weil die schönen Schmetterlinge es verschmähten, bei ihnen zu Gaste zu sein. Da, wo die Blumen am dichtesten standen, schienen sie ihm alle miteinander eine eintönige Weise zu singen.

»Kommet, ihr schönen Gäste, kommet heute, denn morgen sind wir tot, morgen liegen wir verwelkt auf dem trocknen Laube.«

Es war Reor gestattet, den fröhlichen Schluß des Blumenmärchens zu sehen. Er vernahm hinter sich ein Flattern, wie das leichteste Lüftchen, und sah einen weißen Schmetterling im Dunkeln zwischen den dicken Stämmen umherirren. Er flog unruhig suchend hin und her, als kenne er den Weg nicht. Auch war er nicht allein, ein Schmetterling nach dem andern tauchte hinten im Dunkeln auf, bis sich schließlich ein ganzes Heer weißgeflügelter Honigsucher versammelt hatte. Der erste aber war der Anführer und vom Dufte geleitet fand er die Blumen. Hinter ihm kam das ganze Schmetterlingsheer herangestürmt. Es stürzte sich auf die schmachtenden Blumen, wie sich der Sieger auf seine Beute stürzt. Wie ein Schneefall weißer Flügel senkte es sich auf sie herab. Und um jede Blutendolde gab es ein festliches Trinkgelage. Der Wald war von stillem Jubel erfüllt!

Reor ging weiter, doch der honigsüße Duft schien ihn überallhin zu begleiten. Und er spürte, daß sich drinnen im Walde ein Sehnen, stärker als das der Blumen, verbarg, daß es dort etwas gab, was ihn anzog, wie die Blumen die Schmetterlinge herbeigelockt hatten. Er schritt weiter mit einer stillen Freude im Herzen, als warte er auf ein großes, unbekanntes Glück. Das einzige, was ihn ängstigte, war der Gedanke, daß er vielleicht den Weg zu dem, was sich nach ihm sehnte, nicht würde finden können.

Auf dem schmalen Pfade vor ihm schlängelte sich eine weiße Natter. Er bückte sich, um das Glück verkündende Tier aufzuheben, doch die Schlange glitt ihm aus der Hand und eilte schnell den Pfad hinauf. Dort rollte sie sich zusammen und lag still, doch als der Schütze wieder nach ihr griff, glitt sie ihm glatt wie Eis durch die Finger. Reor trachtete nun eifrig nach dem Besitze des klügsten aller Tiere. Er eilte der Schlange nach, doch ohne sie einholen zu können, und sie lockte ihn von dem Steige seitwärts auf den ungebahnten Waldboden hinaus.

Dieser war mit Föhren bestanden und im Föhrenwalde ist der Boden selten mit Gras bewachsen. Doch nun verschwanden plötzlich die braunen Nadeln und das trockene Moos, Farne und Preißelbeerstauden wichen zur Seite und Reor fühlte seidenweiches Gras unter seinem Fuße. Über dem grünen Rasen zitterten federleichte Blumen auf sanft gebogenen Stengeln und zwischen den langen, schmalen Blattscheiben leuchteten die kleinen halberblühten Blumen der roten Nelke. Es war nur ein ganz kleiner Platz, und darüber breiteten die hochstämmigen Föhren knorrige, rotbraune Zweige mit Büscheln von dichten Nadeln aus. Zwischen ihnen konnten die Sonnenstrahlen viele Wege zur Erde finden, und dort war es erstickend heiß.

Doch mitten vor der kleinen Wiese stieg eine Felswand lotrecht empor. Sie lag im scharfen Sonnenlichte da und man sah deutlich die mit Flechten bewachsenen Steinflächen, die frischen Brüche, wo der Winterfrost zuletzt einige gewaltige Blöcke abgelöst, die großen Stauden Engelsüß, die die braunen Wurzeln in die mit Erde gefüllten Spalten steckten, und die zollbreiten Absätze, wo die Säulchenflechte ihre rotgeränderten Pokale aufreihte, und eine grasgrüne Moosart auf haarfeinen Stiften die kleinen grauen, die Befruchtungsorgane enthaltenden Mützen erhob.

Diese Felswand glich in allem jeder andern Bergwand, doch Reor merkte sofort, daß er vor der Giebelwand einer Riesenwohnung stand, und er entdeckte unter dem Moose und den Flechten die großen Angeln, in denen sich die Granittür des Berges drehte.

Jetzt glaubte er, daß die Schlange in das Gras gekrochen, um sich dort zu verstecken, bis sie unbemerkt in den Berg kommen könnte, und er gab die Hoffnung sie zu fangen auf. Er verspürte nun wieder den honigsüßen Duft der schmachtenden Blumen und merkte, daß hier oben unter der Felswand eine erstickende Hitze herrschte. Dort war es auch wunderlich still: kein Vogel rührte sich, keine Nadel spielte im Winde, alles schien den Atem anzuhalten und in unbeschreiblicher Spannung zu warten und zu lauschen. Er schien gewissermaßen in ein Zimmer gekommen zu sein, wo er nicht allein war, obwohl er niemand sah. Er verspürte keine Angst, empfand aber ein angenehmes Schaudern, als sollte er bald etwas überaus Schönes erblicken.

In diesem Augenblicke gewahrte er die Schlange wieder. Sie hatte sich nicht versteckt, sondern war sogar auf einen der Blöcke gekrochen, die der Frost von der Felswand losgesprengt hatte. Und gerade unterhalb der weißen Natter sah er den hellen Leib eines im weichen Grase schlafenden Mädchens. Sie hatte weiter keine Decke als einige spinnwebsdünne Schleier, gerade als hätte sie sich nach einer im Elfenreigen durchtanzten Nacht dorthin geworfen; doch die langen Grashalme und ihre zitternden, federleichten Rispen standen so hoch über der Schlafenden, daß Reor die weichen Linien des Körpers nur undeutlich sah. Auch mochte er sich nicht nähern, um besser zu sehen. Er zog jedoch sein gutes Messer aus der Scheide und warf es zwischen das Mädchen und die Felswand, damit die den Stahl fürchtende Riesentochter beim Erwachen nicht in den Berg fliehen könne.

Dann stand er in tiefen Gedanken still. Eins wußte er gleich: die dort schlafende Maid wollte er besitzen, doch noch war es ihm nicht recht klar, wie er sich gegen sie verhalten sollte.

Doch da lauschte er, der die Stimme der Natur besser als die der Menschen kannte, dem großen, ernsten Walde und dem strengen Berge. »Sieh, dir, der die Wildnis liebt, überliefern wir unsere schönste Tochter«, sagten sie. »Besser als die Töchter der Ebene paßt sie für dich. Reor, bist du der edelsten Gabe würdig?«

Da dankte er der großen, wohltätigen Natur in seinem Herzen und beschloß, das Mädchen nicht zu seiner Leibeigenen, sondern zu seinem Weibe zu machen. Und da es ihm einfiel, daß sie sich, wenn sie Christin geworden und die Sitten der Menschen angenommen, bei dem Gedanken, so unverhüllt dagelegen zu haben, schämen würde, so nahm er das Bärenfell vom Rücken, entrollte die steife Haut und deckte sie mit dem ergrauten, zottigen Pelze des alten Bären zu.

Doch als er dies tat, ertönte hinter der Bergwand ein solches Gelächter, daß die Erde bebte. Es klang nicht wie Hohn, nur als ob jemand sich in großer Angst befunden, und als er sich davon befreit sah, das Lachen nicht habe unterdrücken können. Die entsetzliche Stille und die drückende Hitze nahmen auch ein Ende. Ein kühlender Wind fuhr über das Gras hin und die Nadeln begannen ihren sausenden Sang. Der glückliche Jäger fühlte, daß der ganze Wald vor Erwartung, wie der Menschensohn die Tochter der Wildnis behandeln würde, den Atem angehalten hatte.

Die Natter ließ sich nun in das hohe Gras gleiten, doch die Maid lag im Zauberschlafe und rührte sich nicht. Da wickelte Reor sie in die grobe Bärenhaut, so daß nur ihr Gesicht aus dem zottigen Fell hervorguckte. Obgleich sie sicherlich eine Tochter des alten Bergriesen war, war sie doch zart und fein gebaut, und der starke Schütze nahm sie auf seine Arme und trug sie durch den Wald.

Nach einer Weile merkte er, daß jemand ihm seinen breitrandigen Hut abnahm. Er blickte auf und fand die Riesentochter wach. Sie blieb ruhig auf seinem Arm sitzen, wollte nun aber sehen, wie der Mann, der sie trug, aussah. Er ließ ihr den Willen. Er nahm größere Schritte, sagte aber nichts.

Da mußte sie gemerkt haben, wie ihm nun, da sie ihm den Hut abgenommen, die Sonne heiß auf den Kopf brannte. Sie hielt ihn wie einen Sonnenschirm über seinen Kopf, setzte ihn ihm aber nicht auf, sondern hielt ihn so, daß sie ihm immerzu ins Gesicht sehen konnte. Da schien es ihm, daß er weder fragen noch reden brauche. Er trug sie schweigend nach der Hütte seiner Mutter. Doch sein ganzes Wesen strömte von Seligkeit über, und als er auf der Schwelle seines Heims stand, sah er die weiße Schlange, die einer neuen Häuslichkeit das Glück schenkt, unter die Grundmauer der Hütte gleiten.

Waldemar Atterdag brandschatzt Wisby

In dem Frühlinge, als Hellqvists großes Gemälde »Waldemar Atterdag brandschatzt Wisby« im Kunstvereine ausgestellt war, kam ich an einem stillen Vormittage dorthin, ohne zu ahnen, daß dieses Kunstwerk sich dort befinde. Das große, farbenreiche Bild mit seinen vielen Gestalten machte schon beim ersten Anblick ungewöhnlichen Eindruck auf mich. Ich konnte gar kein andres Bild besehen, sondern ging direkt auf dieses zu, setzte mich auf einen Stuhl und versank in stille Betrachtung. Eine halbe Stunde lang lebte ich im Mittelalter.

Bald hatte ich mich in die Szene, die sich auf dem Wisbyer Markte abspielte, hineinversetzt. Ich sah die Bierkufen, die anfingen, sich mit dem goldenen Gebräu, das König Waldemar sich gewünscht, zu füllen, und die Gruppen, die sich um sie herum gesammelt hatten. Ich sah den reichen Kaufmann mit dem Pagen, der unter seinen Gold- und Silbergefäßen beinahe zusammenbricht, den jungen Bürger, der nach dem Könige hin die Faust ballt, den Mönch mit dem scharfgeschnittenen Gesichte, der die Majestät forschend beobachtet, den zerlumpten Bettler, der seinen Heller opfert, das neben der einen Kufe niedergesunkene Weib, den König auf seinem Throne, das aus den schmalen Gassen hervorwimmelnde Kriegsheer, die hohen Giebelhäuser und die zerstreuten Gruppen von übermütigen Soldaten und widerspenstigen Bürgern.

Plötzlich aber merkte ich, daß die Hauptgestalt des Bildes nicht der König, auch keiner der Bürger, sondern der eine der geharnischten Schildträger des Königs, und zwar der mit dem heruntergelassenen Visiere, ist.

In diese Gestalt hat der Künstler eine seltsame Kraft gelegt. Man sieht von ihm selber gar nichts, der ganze Mann ist Stahl und Eisen, und dennoch macht er den Eindruck, der eigentliche Herr der Situation zu sein.

»Ich bin die Gewalt, ich bin die Raublust«, sagt er. »Ich bin es, der Wisby brandschatzt. Ich bin kein Mensch, ich bin nur Stahl und Eisen. Ich habe meine Lust an Qualen und Bosheit. Mögen sie einander peinigen. Heute bin ich Herr auf Wisbys Markt!« – »Sieh«, sagt er zu dem Beschauer, »kannst du nicht sehen, daß ich der Herr bin? Soweit dein Auge reicht, gibt es hier nichts anderes als Menschen, die einander quälen. Seufzend kommen die Besiegten, um ihr Gold abzuliefern. Sie hassen und drohen, aber sie gehorchen. Und die Gier der Sieger wird immer wilder, je mehr Gold sie herauspressen können. Was sind Dänemarks König und seine Soldaten anderes als meine Diener, wenigstens für diesen Tag? Morgen werden sie in die Kirchen gehen oder in friedlichem Gelage in den Bierstuben sitzen oder vielleicht auch gute Väter im eigenen Heim sein, heute aber sind sie Frevler und Missetäter!«

Und je länger man ihm zuhört, desto besser versteht man, was das Bild ist: nichts anderes als eine Illustration der alten Geschichte, wie Menschen einander quälen können. Kein versöhnender Zug ist da, nur grausame Gewalt. Und trotziger Haß und hoffnungsloses Leiden.

Es war ja doch so, daß diese drei Braukufen gefüllt werden mußten, damit Wisby nicht geplündert und eingeäschert werde. Warum kamen diese Hanseaten denn nicht voll glühender Begeisterung herbei? Warum kamen nicht die Frauen mit ihrem Geschmeide, der Trinker mit seinem Becher, der Priester mit seinem Heiligenschrein eifrig und vor Opferlust glühend herbeigeeilt? »Für dich, für dich, unsere geliebte Stadt! Unnötig, uns durch Soldaten holen zu lassen, wenn es dir gilt! O Wisby, unsre Mutter, unsre Ehre! Nimm zurück, was du uns gegeben hast!«

So aber hat der Maler sie nicht sehen wollen, und so ist es auch nicht gewesen. Keine Begeisterung, nur zwingende Not, nur unterdrückter Trotz, nur Gejammer. Das Gold ist ihnen alles, Weiber und Männer seufzen um dieses Gold, das sie hergeben müssen.

»Sieh sie an!« sagt die auf den Stufen des Thrones sitzende Gewalt. »Es geht ihnen tief zu Herzen, es zu opfern. Mag, wer da will, mit ihnen Mitleid haben! Sie sind geizig, gewinnsüchtig und übermütig. Sie sind nicht besser, als der habsüchtige Räuber, den ich gegen sie ausgesandt habe.«

Ein Weib ist vor der Kufe zu Boden gesunken. Macht es ihr soviel Schmerzen, sich von ihrem Golde zu trennen? Oder ist sie vielleicht die Schuldige? Ist sie die Ursache all des Jammers? Ist sie es, welche die Stadt verraten hat? Ja, sie ist es, die König Waldemars Liebste gewesen. Es ist Ung-Hansens Tochter.

Sie weiß recht gut, daß sie ihr Geld nicht hergeben braucht. Ihres Vaters Haus wird doch nicht geplündert, aber trotzdem hat sie alles, was sie besitzt, zusammengesucht und bringt es. Auf den Markt gelangt, ist sie, von all dem unterwegs geschauten Elend überwältigt, in grenzenloser Verzweiflung niedergesunken.

Hurtig und fröhlich war er gewesen, der junge Goldschmiedgeselle, der im vorigen Jahre in dem Hause ihres Vaters gedient hatte. Herrlich war es gewesen, an seiner Seite über diesen selben Markt zu wandeln, wenn der Mond hinter den Giebeln aufstieg und Wisbys Glanz bestrahlte. Stolz war sie auf ihn gewesen, stolz auf ihren Vater, stolz auf ihre Stadt. Und nun liegt sie von Jammer gebrochen da. Unschuldig und doch schuldig. Er, der dort kalt und grausam auf dem Throne sitzt und alle diese Verheerung über die Stadt gebracht hat, ist er derselbe, welcher ihr zärtliche Worte zugeflüstert? War es, um mit ihm zusammenzutreffen, daß sie sich in der letzten Nacht aus der Stadt schlich, nachdem sie ihres Vaters Schlüssel gestohlen und das Stadttor geöffnet hatte? Und als sie ihren Goldschmiedgesellen als einen bewaffneten Ritter, mit einem gepanzerten Heere hinter sich, wiederfand, was dachte sie da? Wurde sie nicht wahnsinnig, wie sie die eiserne Flut sich durch das Tor, das sie geöffnet, in die Stadt wälzen sah? Zu spät zum Klagen, Jungfrau! Warum liebtest du den Feind deiner Stadt? Gefallen ist Wisby, sein Glanz soll vergehen. Warum warfst du dich nicht mitten im Tore hin und ließest dich von den eisernen Fersen zertreten? Wolltest du leben, um die Blitze des Himmels den Frevler treffen zu sehen?

Oh, Jungfrau, an seiner Seite steht schützend die Gewalt. An heiligeren Dingen als einem leichtgläubigen Mädchen vergreift er sich. Nicht einmal Gottes eigenen Tempel schont er. Die leuchtenden Karfunkelsteine bricht er aus der Kirchenwand aus, um die letzte Kufe zu füllen.

Alle Gestalten des Bildes nehmen eine andere Haltung an. Blindes Entsetzen überkommt alles Lebendige. Der wildeste Kriegsknecht erbleicht, der Bürger richtet die Blicke zum Himmel empor, alle erwarten Gottes Strafe, alle, außer der Gewalt auf den Stufen des Thrones und ihrem Diener, dem Könige.

Ich möchte, daß der Künstler noch lebte, mich nach dem Hafen von Wisby hätte führen und mir diese selben Bürger hätte zeigen können, wie sie der fortsegelnden Flotte mit den Blicken folgten. Sie rufen Flüche über die Wellen hin. »Verschlingt sie!« rufen sie. »Verschlingt sie! Oh Meer, du unser Freund, nimm ihnen unsere Schätze ab! Öffne deinen erstickenden Schlund unter den Gottlosen, unter den Treulosen!« Und das Meer murmelt dumpf Beifall, und die auf dem Königsschiffe stehende Gewalt nickt zustimmend. »Dies ist gut«, sagt sie. »Verfolgen und verfolgt werden, so lautet mein Gesetz. Mögen Sturm und Meer die Räuberflotte zerstören und meines königlichen Dieners Schätze an sich raffen! Um so früher wird es uns vergönnt sein, auf neue Heerfahrten auszuziehen.«

Die am Ufer stehenden Bürger aber wenden sich um und blicken nach ihrer Stadt hinauf. Feuer hat dort gelodert, Plünderung hat dort gehaust, hinter zersprungenen Fensterscheiben gähnen verwüstete Wohnstätten. Rauchgeschwärzte Giebel sehen sie und geschändete Kirchen, blutige Leichen liegen noch in den engen Gassen, und vor Schrecken wahnsinnig gewordene Frauen durcheilen die Straßen der Stadt. Sollen sie all diesem ohnmächtig gegenüberstehen? Gibt es denn niemand, den ihre Rache ereilen kann, niemand, den sie ihrerseits quälen und morden können? Gott im Himmel, seht nur! Des Goldschmiedes Haus ist nicht geplündert, nicht eingeäschert. Was bedeutet dies? War er mit dem Feinde im Bunde? Hatte er nicht die Schlüssel zu einem der Stadttore in Verwahrung? Oh, du Ung-Hanses Tochter, antworte, was hat dies zu bedeuten?

Hinten auf dem Königsschiffe steht die Gewalt und betrachtet, hinter dem Visiere lächelnd, ihren königlichen Diener. »Höre den Sturm, Herr, höre den Sturm! Das von dir geraubte Gold wird bald auf dem Meeresboden liegen, dir unerreichbar. Und sieh auf Wisby zurück, mein hoher Herr! Das Weib, das du betrogst, wird von Priestern und Kriegern nach der Stadtmauer geführt. Kannst du die Volksmenge hören, die ihr wehklagend und fluchend folgt? Sieh, die Maurer kommen mit Kalk und Mauerkelle! Sieh, die Weiber kommen mit Steinen! Alle tragen sie Steine, alle, alle! Oh, König, kannst du auch nicht sehen, was in Wisby vor sich geht, so magst du doch hören und wissen, was dort geschieht. Du bist nicht von Stahl und Eisen wie die Gewalt an deiner Seite. Wenn des Alters trübe Tage kommen und der Schatten des Todes auf dein Leben fällt, wird das Bild von Ung-Hanses Tochter in deiner Erinnerung auferstehen.

Du wirst sie bleich unter dem Hohne und der Verachtung ihres Volkes zusammenbrechen sehen. Du wirst sie zwischen Priestern und Kriegsknechten, unter Glockengeläute und feierlichen Gesängen dahingeschleppt sehen. Sie ist schon tot in den Augen des Volkes. Tot fühlt sie sich in ihrem Innersten, getötet von allem, was sie geliebt hat. Du wirst sie in den Turm hineintreten sehen, sehen, wie die Steine eingefügt werden, die Mauerkellen schrapen hören und die Reden der Menge, die mit ihren Steinen herzueilt, vernehmen. »Oh, Maurer, nimm meinen, nimm meinen! Benutze meinen Stein beim Werke der Rache! Laß meinen Stein helfen, Ung-Hanses Tochter von Luft und Licht abzusperren! Gefallen ist Wisby, das herrliche Wisby! Gott segne eure Hände, Maurer! O, laßt mich helfen, die Strafe zu vollstrecken!«

Und Grabeslieder ertönen und die Glocken läuten wie bei einem Begräbnisse.

Oh, Waldemar, König von Dänemark, auch dein Los ist es, dem Tode ins Auge zu blicken. Dann wirst du auf deinem Bette viel sehen und hören und große Pein dabei erdulden. Dann wirst du auch jenes Schrapen der Mauerkellen und jenes Rachegeschrei hören. Wo sind sie dann, die heiligen Glocken, welche die Seelenqual übertönen? Wo sind die weiten Metallschlünde, deren Zungen Gott um Gnade für dich anflehen? Wo ist die von Wohlklang erzitternde Luft, welche die Seele in Gottes Reich hinaufführt?

Oh, hilf Ezrom, hilf Sorö, und du, große Glocke in Lund![1]

Welch traurige Geschichte erzählt dieses Gemälde! Es kam mir fremd und seltsam vor, wieder in den Königsgarten, in den strahlenden Sonnenschein und unter lebende Menschen hinauszutreten.

---

1   Wallfahrtsorte mit wundertätigen Glocken.

Erzählungen der Frühromantik

1799 schreibt Novalis seinen Heinrich von Ofterdingen und schafft mit der blauen Blume, nach der der Jüngling sich sehnt, das Symbol einer der wirkungsmächtigsten Epochen unseres Kulturkreises. Ricarda Huch wird dazu viel später bemerken: »Die blaue Blume ist aber das, was jeder sucht, ohne es selbst zu wissen, nenne man es nun Gott, Ewigkeit oder Liebe.«

Tieck Peter Lebrecht **Günderrode** Geschichte eines Braminen **Novalis** Heinrich von Ofterdingen **Schlegel** Lucinde **Jean Paul** Des Luftschiffers Giannozzo Seebuch **Novalis** Die Lehrlinge zu Sais
ISBN 978-3-8430-1878-4, 416 Seiten, 29,80 €

Erzählungen der Hochromantik

Zwischen 1804 und 1815 ist Heidelberg das intellektuelle Zentrum einer Bewegung, die sich von dort aus in der Welt verbreitet. Individuelles Erleben von Idylle und Harmonie, die Innerlichkeit der Seele sind die zentralen Themen der Hochromantik als Gegenbewegung zur von der Antike inspirierten Klassik und der vernunftgetriebenen Aufklärung.

Chamisso Adelberts Fabel **Jean Paul** Des Feldpredigers Schmelzle Reise nach Flätz **Brentano** Aus der Chronika eines fahrenden Schülers **Motte Fouqué** Undine **Arnim** Isabella von Ägypten **Chamisso** Peter Schlemihls wundersame Geschichte **Hoffmann** Der Sandmann **Hoffmann** Der goldne Topf
ISBN 978-3-8430-1879-1, 408 Seiten, 29,80 €

Erzählungen der Spätromantik

Im nach dem Wiener Kongress neugeordneten Europa entsteht seit 1815 große Literatur der Sehnsucht und der Melancholie. Die Schattenseiten der menschlichen Seele, Leidenschaft und die Hinwendung zum Religiösen sind die Themen der Spätromantik.

Brentano Die drei Nüsse **Brentano** Geschichte vom braven Kasperl und dem schönen Annerl **Hoffmann** Das steinerne Herz **Eichendorff** Das Marmorbild **Arnim** Die Majoratsherren **Hoffmann** Das Fräulein von Scuderi **Tieck** Die Gemälde **Hauff** Phantasien im Bremer Ratskeller **Hauff** Jud Süss **Eichendorff** Viel Lärmen um Nichts **Eichendorff** Die Glücksritter
ISBN 978-3-8430-1880-7, 440 Seiten, 29,80 €

Erzählungen aus dem Biedermeier

Biedermeier - das klingt in heutigen Ohren nach langweiligem Spießertum, nach geschmacklosen rosa Teetässchen in Wohnzimmern, die aussehen wie Puppenstuben und in denen es irgendwie nach »Omma« riecht.

Zu Recht. Aber nicht nur.

Biedermeier ist auch die Zeit einer zarten Literatur der Flucht ins Idyll, des Rückzuges ins private Glück und der Tugenden. Die Menschen im Europa nach Napoleon hatten die Nase voll von großen neuen Ideen, das aufstrebende Bürgertum forderte und entwickelte eine eigene Kunst und Kultur für sich, die unabhängig von feudaler Großmannssucht bestehen sollte.

Georg Büchner Lenz **Karl Gutzkow** Wally, die Zweiflerin **Annette von Droste-Hülshoff** Die Judenbuche **Friedrich Hebbel** Matteo **Jeremias Gotthelf** Elsi, die seltsame Magd **Georg Weerth** Fragment eines Romans **Franz Grillparzer** Der arme Spielmann **Eduard Mörike** Mozart auf der Reise nach Prag **Berthold Auerbach** Der Viereckig oder die amerikanische Kiste

ISBN 978-3-8430-1884-5, 444 Seiten, 29,80 €

Erzählungen aus dem Biedermeier II

Annette von Droste-Hülshoff Ledwina **Franz Grillparzer** Das Kloster bei Sendomir **Friedrich Hebbel** Schnock **Eduard Mörike** Der Schatz **Georg Weerth** Leben und Taten des berühmten Ritters Schnapphahnski **Jeremias Gotthelf** Das Erdbeerimareili **Berthold Auerbach** Lucifer

ISBN 978-3-8430-1885-2, 440 Seiten, 29,80 €

Erzählungen aus dem Biedermeier III

Eduard Mörike Lucie Gelmeroth **Annette von Droste-Hülshoff** Westfälische Schilderungen **Annette von Droste-Hülshoff** Bei uns zulande auf dem Lande **Berthold Auerbach** Brosi und Moni **Jeremias Gotthelf** Die schwarze Spinne **Friedrich Hebbel** Anna **Friedrich Hebbel** Die Kuh **Jeremias Gotthelf** Barthli der Korber **Berthold Auerbach** Barfüßele

ISBN 978-3-8430-1886-9, 452 Seiten, 29,80 €